칼라하리 사금파리에 새긴 자유의 꿈이여

일러두기

- 원문에 있는 저자의 각주는 원래 시의 맨 끝에 표기되어 있지만, 시를 보충 설명해 주는 기능과 함께 시의 부제로서의 역할도 겸한다고 판단하여 시의 제목 바로 아래에 표기했다. 따라서 이 책의 저자의 각주는 제목 아래에, 시의 하단에는 옮긴이의 각주를 넣는 것으로 저자와 옮긴이의 각주를 구분했다.
- 모든 행의 첫머리는 들여 쓰기를 하였다.
- 문장부호의 경우, 한국과 쓰임이 다른 부호가 있음을 고려하여 번역문에서는 한국식으로 썼다. 가령 대시(—)는 한국에서는 잘 쓰지 않는 문장부호임을 고려하여 번역문에는 문맥상 꼭 필요한 부분에만 넣었다. 감정을 나타내는 쉼표와 느낌표 등은 한국어 문장의 맥락과 호흡을 고려하여 생략하거나 추가했다.
- 한 편의 시가 여러 쪽으로 나뉘는 경우, 연 단위로 구분하고 시의 마지막 행에 '▶'를 표기하여 다음 쪽에 이어짐을 표시했다. 하나의 연이 길어서 여러 쪽으로 나뉘는 경우에는 '▶▶'를 표기하여 해당 연이 계속 이어짐을 표시했다.
- 작가의 저작을 표기할 때에는 시집과 장편·단편 작품을 구분하여 표기하였다. 시집은 겹낫쇠(『 』)를 표기하고 원제를 이탤릭체로, 장편 작품은 큰따옴표로 표기하고 원제를 이탤릭체로, 단편 작품은 홑낫쇠(「 」)를 표기하고 원제를 정자로 썼다. 문학잡지, 계간지 등은 '≪ ≫'로 표기하고, 원제를 이탤릭체로 썼다. 문학 작품 외에 공연 등 극 작품은 '< >'로 표기했다.

한울세계시인선 04

칼라하리 사금파리에 새긴 자유의 꿈이여

다이아나 퍼러스 시선집

다이아나 퍼러스 지음

이석호 옮김

차례

사라 바트만을 위하여

Contents

사라 바트만을 위하여

To my writing muse

You demand that I
undress the world
and crucify truth.
You leave me naked
and make me believe
that the holes in my sides
like the ones in my hands
and feet are real
and that the eyes on the wall
can see.

시의 신에게

당신은 내게 원하시나이다.
세상을 발가벗기고
진리를 못 박기를
그러나 내 옷을 벗기는 이,
당신입니다.
내 수족에 뚫린 구멍처럼
내 옆구리에도 구멍이 뚫려 있으며
벽에도 눈이 달려
볼 수 있음을 믿게 하는 이,
당신입니다.

Creative Writing Course

I knew no english word
but as the gigantic sun
sprang with a yellow smile
into the blue-inked air,
my limbs ran loose,
the knots in my hair
untangled and lifted me.
My thoughts escaped and found
boundless beauty —
I had not to speak, my twisted tongue
remained inactive, but gushing through
the holes in my eyes
were the english words
of a thousand tongues!

창작반 수업

나는 영어 단어를 한 마디도 모릅니다.
그러나 거대한 태양이
노란 미소를 지으며
파란색 잉크가 번진 하늘로 솟아오르면
내 사지는 맥이 풀리고,
머리 타래는 풀어져
나는 한껏 고양됩니다.
텅 빈 머리가
끝없는 아름다움만을 찾아 헤맬 때
나는 차마 입을 열 수가 없고
꼬인 혀는 죽은 듯 얼어붙습니다.
그 순간 내 눈구멍을 뚫고
수천 개의 혀를 가진 영어 단어들이
쏟아져 나옵니다.

The never-ending story

1810~2002, in memory of Sarah Bartmann

You didn't want my story —

you saw only my breasts

and remembered what was

between my legs.

You made me a cocktail

of lies and deceit

and played the hero

redeeming the fallen.

You scripted my story,

fixed your gaze on my buttocks

and wandered with your hands

over what you never doubted

was yours.

You never wanted my story,

for how could I think —

I had a body, not a story! ▸▸

끝나지 않는 이야기

1810~2002년, 사라 바트만을 추모하며

당신은 내 이야기를 듣고 싶어 하지 않았지요.
그저 내 가슴을 뚫어져라 바라보았고
내 두 다리 사이를
끈질기게 기억했을 뿐이지요.
당신은 거짓과 사기로 만든
칵테일을 내게 만들어 주며
추락을 극복하는 주인공을
연기했을 뿐이지요.
당신은 내 이야기를 기록하며
내 엉덩이에서 눈을 떼지 못했고
늘 당신 것이라
의심치 않았던 곳을
두 손으로 만지작거렸지요.

당신은 내 이야기를 듣고 싶어 하지 않았지요.
나는 생각 같은 걸 할 수 없는 존재였으므로,
나는 몸일 뿐, 이야기가 아니므로. ▸▸

You packed me in a suitcase

and zipped me, close, tight,

releasing my shadow at night.

I lived to tell the story

of how you killed my body.

See my traces

embedded in my story —

they walk on,

changing pace

now and then.

I live to tell the story

of your futile efforts

to silence me.

당신은 나를 여행 가방에 구겨 넣고,
옴짝달싹하지 못하게 만들고선
밤마다 내 그림자를 풀어주었지요.

나는 이야기를 하기 위해 살았지요,
당신이 내 몸을 어떻게 유린했는지를 말하고 싶었지요.
내 이야기 속에 옹이로 남은
그 흔적들을 보시지요.
이따금 걸음걸이를 바꾸며
두 발로 걸어 나오는
그 흔적들을 보시지요.

나는 이야기를 하기 위해 살고 있지요.
나를 침묵시키려는
당신은 헛된 수고를

She came home on a giant bird

She came home on a giant bird,

resting on its wings,

flying into the future,

framing the past,

excavating pride

hidden behind

the imprisoned mind

She touched the ground

without a sound

where those who were waiting

howled a cry, "oh why?"

Soft was her reply,

"I had to die

so you could defy."

She sleeps in a valley

while we who are awake

must destroy every tale that's fake. ▸

그녀는 대붕을 타고 돌아왔나이다

그녀는 대붕을 타고 돌아왔나이다,
두 날개에 기대어,
과거를 뒤로하고,
미래를 향해 날아왔나이다.
옥에 갇힌 마음
그 뒤에 숨은
눈부신 자부심을 캐내며 날아왔나이다

아무 소리도 내지 않고
그녀가 땅을 밟았나이다
기다리던 사람들이
외쳤나이다, "대체 왜?"라고
나직하게 그녀는 대답하였나이다,
"내가 죽어야만
그대들이 저항할 수 있었기 때문입니다"라고.

우리가 잠을 뒤척이는 동안
그녀는 계곡에 잠들어 있나이다
거짓으로 가득한 이야기들을 우리는 부수어야만 합니다 ▸

We salute you Saartjie,

for you had to die

so we could defy.

사르끼,* 당신을 경배하나이다,
당신의 죽음으로 인해
우리, 저항할 수 있으므로.

* '사르끼'는 남아공의 화란계 백인들이 사라 바트만을 낮추어 부르는 말이다.

For those that wandered far⋯
written in Paris, 29.4.2002

Our appointment was scheduled,

the day was in mid-May,

an appoinment at mid-day.

But I came early —

at the end of April

I found you —

the April showers dripping

from your African hair.

Your skin was pale.

The absent sun

always on the run

hid in the clouds.

I knew the story

for I came back for her

and you. But you

averted your eyes

when I seeked them.

You sometimes peeped ▸▸

멀리 헤매고 다닌 사람들을 위하여

2002년 4월 29일 파리에서

약속은 정해졌다,

오월 중순이었고,

정오였다.

나는 미리 왔다,

사월 말쯤,

나, 당신을 만났다.

사월의 소나기가 아프리카인의 머리카락을 타고

줄줄 흘러내렸다.

당신의 피부는 창백했다.

공허한 태양이

계속 달음박질을 치다가

구름 속으로 숨었다.

이야기의 전모를 알고 있던 터라 나는

되돌아왔다, 그녀와 당신을 위해.

내 눈이

당신 눈을 찾고 있었음에도.

당신은 눈을 피했다.

당신은 이따금 훔쳐보았다, ▸▸

from behind the darkness

of glasses made

to protect against the sun.

Ra was angry,

your eyes were supposed to know her.

But then again

you left long ago.

Did you find the love

you said were waiting?

What is her name?

How warm are her lips?

Does she kiss you

on your heart?

Does she hold you

or are you still

running and seeking? ‣

자외선 차단용 안경의

어둠 너머로,

그녀는 화가 치밀었다,

당신의 눈은 분명 그녀를 알아보는 듯했다.

그러나 바로 그 순간

당신은 또다시

오래전에 떠나고 없었다.

당신이 기다리고 있다고 말한

사랑은 찾으셨나요

그 여자의 이름은 무엇인가요

그 여자의 입술은 따뜻하던가요

그 여자가 당신의 심장에

입맞춤을 하던가요

그 여자가 당신을 붙잡던가요, 아니면

아직도 당신이 그 여자를 찾아

사방, 팔방을 헤매고 다니나요 ▸

Am I the one that's cruel

when I cast my doubts

on your ability

to find true love?

Did I come for you in vain?

Is that expression in your eyes

the happiness that I don't know?

Am I the ignorant?

Are you really happy here?

과연 당신이 진정한 사랑을
찾을 수 있을까, 나, 의심을
멈출 수가 없었지요,
내가 그토록 잔인한 사람일까요
나, 괜스레 당신을 찾아 나섰던 걸까요
당신 눈이 품고 있는 그 표정은
내가 모르는 행복인가요
나, 너무 무지한가요
당신 여기서 진정 행복하신가요

These men
for Patrick Tarique Mellet

In handwritten, yellowed journals —
etched in as names of months,
Greek gods or other ridiculous terms,
these men —
were recorded to be from Java, Batavia, India
Madagascar, Mauritius, Mozambique and Angola.
In different hues of Black they staggered ashore
limping into the next set of chains
with half of their hearts only,
the other half broken and buried
in Java, Batavia, India, Madagascar,
Mauritius, Mozambique and Angola.

And they built cities and towns
and bridges and dams.
They built a house admired from afar, ▸▸

이 사내들

패트릭 타리끄 멜레트를 위해

손으로 쓴, 누렇게 퇴색한 일기장에는,

일 월, 이 월, 삼 월이라는 달 이름을 따서,

희랍의 신이나 우스꽝스런 이름을 따서,

이 사내들이,

자바에서, 바타비아에서, 인도에서,

마다가스카르에서, 모리셔스에서, 모잠비크에서, 앙골라에서

왔다고 기록되어 있다.

피부색이 제 각각인 검둥이들은 일렬로 사슬에 묶인 채

다리를 절룩이며 비틀비틀 물가로 끌려 나왔다.

반쪽짜리 심장만을 매단 채,

나머지 반쪽은 부서지고 으깨어진 채로

자바에, 바타비아에, 인도에, 마다가스카르에,

모리셔스에, 모잠비크에, 앙골라에 묻어두었다.

이 사내들은 도시와 마을과 다리와 댐들을 건설했다.

멀리서도 이 사내들이 지은 집을

경배하는 소리가 들렸다. ▸▸

these men —

prison-walled bodies but memory free,

journeyed through seas and open skies

to where their true remembrance still lies.

And I look at them,

these men —

my ancestors, my fathers, my brothers, my sons

and wonder what was committed to memory

by these men —

my ancestors, my fathers, my brothers, my sons

who never stopped limping

into the next set of chains

with half of their hearts

broken and buried

in the cities and towns

and bridges and dams of our land.

And I grieve for them,

these men···

이 사내들은,
육신은 갇혔지만 기억은 자유롭게,
여러 바다와 드넓은 창공을 건너
진실한 기억이 살아 있는 곳으로 날아갔다.

나는 보고 있다,
이 사내들을,
나의 조상이자, 아비이며, 형제이자, 아들인 이들을,
그리고 상상한다,
이 사내들은
무엇을 기억하고 있을까를.
나의 조상이자, 아비이며, 형제이자, 아들인 이들,
일렬로 사슬에 묶여
늘 다리를 절룩이던 이들,
부서지고 으깨어진 반쪽짜리 심장을
우리가 살고 있는 땅 위의 도시와 마을과
다리와 댐 속에 묻어두고 있는 이들을.
나는 통곡한다,
이 사내들 때문에

The memory of tables

written for the Handing over of the Buxton-Wilberforce
Table from the British Council to Iziko Museums (22.11.07)
in commemoration of the bicentenary of the abolition of the
slave trade in the British Empire

Tables round and tables square,

tables common and tables rare,

tables new and tables old,

tables bought and tables sold —

all have stories dying to be told.

On a table they stood,

feet pressed into the wood,

a mother, a father, a daughter, a son —

a close-knit family standing as one.

"The boy must be sold alone", a voice called out.

"Oh no no no", the mother wanted to shout.

This is a story as told by Emilie Lehn,

a powerless, brokenhearted woman then.

Today we stand as free women and men

because words on paper written with a pen ▸▸

탁자들에 대한 기억

영국에서 노예제도가 폐지된 지 200년을 기념하여 영국문화원
이 남아공의 이지코 박물관에 노예폐지론자인 벅스톤 윌버포
스가 사용하던 탁자를 기증했는데, 이를 기념하기 위해 2007년
11월 22일에 씀

둥그런 탁자들과 네모반듯한 탁자들,

평범한 탁자들과 희귀한 탁자들,

새로운 탁자들과 낡은 탁자들,

사온 탁자들과 팔아버린 탁자들,

모두 말을 하고 싶어 죽을 지경인 이야기들을 가지고 있다네.

어느 한 탁자 위에 그들은 서 있었다네,

나무 바닥에 발을 딱 붙인 채로,

어미와 아비 그리고 딸아이와 한 아들이,

화기가 애애한 가족인지 마치 한 사람처럼 서 있었다네.

"저 남자아이만 따로 사겠소" 누군가 외쳤다네.

"안 돼요, 제발, 제발, 제발" 어미는 소리를 지르고 싶었다오.

이것은 에밀리 렌의 이야기라오,

힘도 없고 속이 썩어 문드러진 여자였다오.

우리는 오늘 자유로운 여성으로 남성으로 서 있다오.

서류에 펜으로 꾹꾹 눌러쓴 말들이 ▸▸

were deeply etched on a table's top,

thus we remember, we cannot stop

Tables round and tables square,

tables common and tables rare,

tables new and tables old,

tables bought and tables sold,

all have stories dying to be told.

탁자의 머리 위에 깊게 새겨져 있기 때문이라오.
우리 이를 기억하고, 멈추지 맙시다.

둥그런 탁자들과 네모반듯한 탁자들,
평범한 탁자들과 희귀한 탁자들,
새로운 탁자들과 낡은 탁자들,
사온 탁자들과 팔아버린 탁자들,
모두 말을 하고 싶어 죽을 지경인 이야기들을 가지고 있다네.

An ode to the Slave Lodge

She struggled for years to unlock those doors,
to find the stories buried underneath those floors.
There she went all dressed in shame,
from there she returned without a name.

At night she tried to scale those walls,
to get a glimpse of figures in the halls.
She lay in her bed stiff and petrified
while trying to unravel who the ones were that lied.

Until she climbed the polished steps
and entered a place of many maps.
She found her fingerprints on the open doors,
her footsteps mirrored on wooden floors.

She stepped into the dungeons and unearthed herself,
ever probing and learning where to delve.
She traced herself to bygone days,
to how she existed in many different ways. ‣

노예들이 머물던 숙소에 부치는 노래

여인은 그 문을 열려고 수년 째 애를 썼다,
바닥에 묻힌 이야기들을 건지고 싶었다.
여인은 온갖 수모를 뒤집어쓴 채 그곳으로 들어갔고,
변변한 이름 하나 얻지 못하고 돌아 나왔다.

밤이면 여인은 벽이란 벽을 손톱으로 긁었고,
복도를 지키고 선 사람들을 잠깐이라도 보고 싶었다.
여인은 침대에 화석처럼 누워
그 침대를 먼저 거쳐 간 사람들을 생각했다.

윤이 반지르르 흐르는 계단을 기어올라
여러 장의 지도가 널려 있는 방으로 들어서고 나서야
여인은 열린 문 위에 찍힌 자신의 지문을 보았고
나무 바닥 위로 비치는 발자국을 보았다.

여인은 지하 감옥으로 걸어 들어가
어디를 더 파야 할지를 궁구하며 몸에 묻은 흙을 털었다.
여인은 자신의 흔적을 찾아 지나가 버린 날들을 따라갔고,
얼마나 다양한 모습으로 또 어떻게 살았는지 찾아 헤맸다. ▸

She found treasures and she found hate,
but unwavering, she accepted her fate.
"I am a thread in history's cloth", she proclaimed,
"I am the flour, the essence, no more shamed."

Today she walks the streets of her city
without resentment, without self-pity.
She knows the story of each face she sees,
she retells it ardently just as it is.

Once a mansion of shame and indignity
where pain was not measured by its severity,
the Slave Lodge now blooms as a heritage dome
as it wills its peoples to all come home. ▸

여인은 보물도 찾았고 증오도 찾았지만,
흔들리지 않고, 운명을 받아들였다.
"나는 역사라는 옷을 깁는 한 올의 실 가닥일 뿐입니다" 여인은
외쳤고,
"나는 밀가루고, 본질이지, 더 이상 부끄러움이 아닙니다."

오늘 여인은 자신이 살고 있는 도시의 거리를 걷고 있다,
분노도 없이, 자기 연민도 없이.
여인은 만나는 모든 이의 이야기를 알고 있고,
그 이야기를 있는 그대로 열정을 다 바쳐 다시 이야기한다.

한때는 수치와 능멸의 대저택이었고,
가혹함으로 인한 고통을 가늠조차 할 수 없었던 그곳,
노예들이 묶던 숙소는 이제 전통의 둥지로 다시 피어나
모든 이들을 고향으로 다시 불러들이고 있다. ▸

She walked into herself and was finally set free

as she took hold of the past, the present and the future's key.

She knows the story of each face she sees,

she retells it ardently just as it is.

여인은 자기 자신 속으로 걸어 들어가 마침내 자유를 얻었고,
과거와 현재 그리고 미래의 열쇠를 거머쥐게 되었다.
여인은 만나는 모든 이의 이야기를 알고 있고,
그 이야기를 있는 그대로 열정을 다 바쳐 다시 이야기한다.

The dry days of my childhood

I often wander into the days
hidden in the forests
and search through the woods
for the cuckoo's nest,
only to find the sawn-off branches
and the old grown tree
on which many of our secrets lie.

The landscape is different,
the forest is fading,
behind the naked oak trees
the mountain stands dry.

Why do I dream of the drought,
the desiccated days that had us bound
to a spot in the ground
where we fervently prayed
for water to be? ▸

메마른 내 어린 날들

이따금 나는 그 시절로 돌아간다,
숲속에 숨어
나무들 사이로 뻐꾸기 둥지를
찾아 헤매었으나,
톱질에 잘려나간 나뭇가지와
고목만이 덩그러니 남아 있는,
그 나무에는 우리네 온갖 비밀들이 숨어 있었다.

풍경은 바뀌어,
숲은 시들었고,
헐벗은 참나무 뒤로
메마른 산이 떡 버티고 섰다.

나는 왜 가뭄을 꿈꾸는가?
제발 물이 나오기를
간절히 기도하던 그 땅에
우리를 한 점으로 박아버린
그 건조한 나날들을 왜 꿈꾸는가 ▸

Why didn't the sun
scorch the injustice
stamped on our bodies,
marked in our minds?

Why weren't we waxed
like mummies, preserved in black —
one day to be resurrected
as reborn, as saved?

Was it in God's great plan
that separate development
at its height during the sixties
should be accompanied by a drought
so fierce it spoke in fire,
blazing away the hopes of the doomed? ›

태양은 어찌하여
우리네 몸뚱이에 화인처럼 박힌,
우리네 마음속에 진하게 남은,
정의롭지 못한 것들을 태워 없애지 못했는가

어찌하여 우리는 미라처럼
밀랍을 발라, 시커먼 모습으로 유지되다가,
다시 태어난 듯, 구원된 듯,
어느 날 문득 부활하지 못했는가

신의 위대한 뜻이었을까
육십 년대 정점에 오른
분리와 발전은
불처럼 맹렬해서
심판의 날, 그 희망을 쓸어버릴 정도로 뜨거운,
가뭄을 수반해야 하는가 ▸

Oh, the dry days of my childhood —
the barren field that was
my mother's body —
the sucked-dry steps my father's feet —
the unborn thoughts
my aborted dreams!

Do not ask me
to forget how it was.
Do not ask me
to forget my past.

Ask of my dreams
envisioning my mother
in a grass-green dress
and me at her nipples
gurgling a contented baby's sigh. ▸

오, 메마른 내 어린 날들이여,
내 어미의 몸처럼 황량하던 들판이여,
내 아비의 두 발이 걸어낸
물기 하나 없이 말라비틀어진 걸음들이여,
낙태된 내 꿈들 마냥
태어나지 못한 생각들이여!

내게 묻지 말아다오
어찌 그리 되었는지 잊지 말라고
내게 묻지 말아다오
과거를 잊으라고

내 꿈에 대해서만 물어다오
잔디처럼 푸른 옷을 입은
내 어미를 만나
그 젖꼭지를 물고
한없이 나른한 하품을 삼키는 꿈을. ▸

Ask of my dreams

imagining my father

crafting his talents

into a water-holding bay.

Oh, the dry days of my childhood!

내 꿈에 대해서만 물어다오
타고난 재능을 바쳐
물이 함북 담긴 초지를 만들던
내 아비를 상상하는 꿈을.

오, 메마른 내 어린 날들이여!

The African Drum

Reborn, I am an African.
At the feet of my roots
I sit and hear the beat, my heart
the African drum.

But the rhythm fades
and I'm swept away
by the different sounds of the orchestra —
and I see us dance
with the world in our hands
and we go fast and we go slow.

I watch the girl with the dark brown skin
and wonder if she will dance with me
but she turns away with no remorse
for she could not feel the beat,
my heart, the African drum. ▸

아프리카의 북

다시 태어난, 나는 아프리카인이다.
내 뿌리의 발밑에 앉아
나는 그 박동을 듣는다, 내 심장의 박동,
아프리카의 북소리를.

리듬은 시들고
서로 다른 소리들의 합주 때문에
나는 사라지고 만다.
나는 세상과 손에 손을 잡고
춤추는 우리네 모습을 본다,
한번은 빠르게, 한번은 느리게.

나는 진한 갈색 피부를 가진 소녀를 보며
저 소녀가 나와 춤을 추려고 할까를 생각해 보지만,
소녀는 일말의 망설임도 없이 등을 돌려버린다,
그 박동을 느낄 수 없었기에,
내 심장의 박동, 아프리카의 북소리를. ▸

I see the girl with the light brown hair
and refuse to sing a song with her,
but she puts her hand warm into mine
for she could feel the beat,
my heart, the African drum.

Who am I the African?
Where lives my heart
and where lives my soul?
How many shades
have I the African?

Who am I, an African?
Who am I, an African?
Who am I, an African!

I am an African!

나는 밝은 갈색 머릿결을 가진 소녀를 보며
소녀와 함께 노래를 부르지 않겠다고 결심해 보지만,
소녀는 따뜻하게 내 손을 잡아온다,
그 박동을 느낄 수 있었기에,
내 심장의 박동, 아프리카의 북소리를.

아프리카인인 나는 누구인가
내 심장은 어디에 있는가
내 영혼이 사는 곳은 어디인가
아프리카인인 나는
얼마나 많은 그늘을 가지고 있는가

나는 누구인가, 아프리카인인가
나는 누구인가, 아프리카인인가
나는 누구인가, 아프리카인인가

그래, 난 아프리카인이다.

Beyond the Other

Look, I deny you —
you who sit on my body
and make your place
and claim your space,
I deny you.

I eat food of wisdom,
mix herbs of care,
drink waters of hope
and I deny you.

I deny your destruction
of the world and me.
I call up my past,
meditate with ancestors
and I deny you. ▸

저것을 넘어서

자, 나 당신을 거부합니다,
내 몸을 깔고 앉아
자기 자리를 만들고
자기 자리라 우기는,
당신을, 나 거부합니다.

나, 지혜의 음식을 먹고,
배려의 약초를 섞고,
희망의 물을 마시며,
나, 당신을 거부합니다.

나, 세상과 나를 파괴하는
당신을 거부합니다.
나, 과거를 부르고,
조상들을 생각하며,
나, 당신을 거부합니다. ‣

Look, I deny your breaking up
of the body and soul.
I am the one, the world is me,
the one is the other
and the other is me.

Look,
I have denied you.

자, 나, 내 몸과 영혼을 부수는
당신을 거부합니다.
나는 이것이고, 세상이 나입니다,
이것이 저것이고
저것이 나입니다.

자,
나, 당신을 끝내 거부했습니다.

In Cape Town Library

And there we sat,
of all ages and races,
we called it a "study room."

Long tables connected bodies
ostensibly unaware of each other.
High walls were decorated
with lamps, golden brown
and there was a fireplace, obsolete —
an ancient idea from Europe.
It did not fit,
the winters here are short.

Yes, there we sat,
boxed in a colonial space
reading about England!

케이프타운 도서관에서

그곳에 우리는 앉았다,
나이도 인종도 제각각이었다,
우리는 그곳을 "연구실"이라고 불렀다.

긴 책상이 서로 모르는 것이 분명한
몸들을 하나로 엮었다.
높은 벽들은 황갈색 전등들로
장식되어 있었다.
고래적 유럽인들이 고안했을 법한,
쓸모가 없는, 화덕도 하나 있었다,
전혀 어울리지 않았다.
케이프타운의 겨울은 짧기에.

그랬다, 그곳에 우리는 앉았다,
그 식민지 공간에 갇혀
영국에 관한 책을 읽으며!

Or so we thought⋯

they were just drinking
could not stop themselves
on the sidewalk, in the street
in the bedroom, on the kitchen-sink
they drank what they could get
for a dime, for free, forever
they were last in the queue
the others before them
died with lips wet and moist
and eyes yellow, the whites
not visible, they were born
blind, forcibly led down
the wayward path was laid
they were last in the queue
or so they thought
but the others followed soon
they too were just drinking
could not stop themselves
on the sidewalk, in the street ▸▸

혹은 우리가 그렇게 생각했을 뿐

그들은 단지 마시고 있었을 뿐
멈출 수가 없었다
보도에서, 거리에서
침실에서, 부엌 싱크대 앞에서
그들은 동전 한 닢으로, 공짜로, 영원히
손에 쥘 수 있는 것을 마시고 있었을 뿐
그들은 맨 마지막 줄에 서 있었다
그들 앞에 서 있던 이들은
습기 차고 촉촉한 입술로 죽어갔다
눈은 누르스름했다, 백인들은
보이지 않았고, 그들은
장님으로 태어나, 구불구불한 길을
억지로 걸어 내려왔다
그들은 맨 마지막 줄에 서 있었거나
혹은 그들이 그렇게 생각했다
그러나 곧 다른 이들이 뒤를 잇더니
그들 또한 단지 마시고 있었을 뿐
멈출 수가 없었다
보도에서, 거리에서 ▸▸

in the bedroom, on the kitchen-sink

they too drank what they could get

for a dime, for free, forever

and then we came and said

they will be the last in the queue

or so we thought

침실에서, 부엌 싱크대 앞에서
그들 또한 동전 한 닢으로, 공짜로, 영원히
손에 쥘 수 있는 것을 마시고 있었을 뿐
그리고 마침내 우리가 나타나 말했다
그들은 맨 마지막 줄에 서게 될 거라고
혹은 우리가 그렇게 생각했을 뿐

The journey

It was in the train
from Cape Town,
the one to Bellville,
at a quarter past three.
It was there I met him
looking tired and grey.
He looked at me,
I did not see his questions —
I preferred to look away.

It was in the train to Bellville,
the one from Cape Town
at a quarter past three
where I saw him looking
through the clear shining window
anxiously clutching the bag in his hands.

"What's up with him?"
the schoolboys asked. ▸▸

여행

기차에서였다
세 시 십오 분발
케이프타운에서
벨빌로 가는 기차에서였다,
내가 그를 만난 것은 그곳에서였다.
그는 지치고 늙어 보였다.
그는 나를 보고 있었지만,
나는 그의 질문을 알아차릴 수가 없었다.
나는 눈길을 돌렸다.

세 시 십오 분발
케이프타운에서
벨빌로 가는 기차에서였다.
깨끗한 창 너머로 밖을 주시하며
초조하게 두 손으로 가방을 거머쥐던 그를
만난 것은 그곳에서였다.

"저 아저씨 왜 저래요?"
한 아이가 물었다. ▸▸

"He sure looks nervous,

has he something to hide?"

They all started laughing

and he kept on looking.

It was in the train to Bellville,

the one from Cape Town

at a quarter past three —

with the name of the station

in front of our eyes

that he slowly moved forward

and tapped the boy right next to him.

"What is this station?" he softly asked.

The answer came in spurts of laughter,

"He cannot read!"

Continuing their laughter they got off the train.

Then I understood the eyes and the questions. ‣

"안절부절못하는 게
꼭 뭘 숨기고 있는 사람 같지 않나요?"
승객들이 모두 박장대소를 했지만
그는 계속 한곳을 바라보고 있었다.
세 시 십오 분발
케이프타운에서 벨빌로 가는 기차에서였다.
역 이름이
눈앞에 나타나자
그는 서서히 앞으로 걸어 나오더니
바로 옆에 있던 아이를 톡톡 건드리며 물었다.
"이 역 이름이 뭐냐?"
부드러운 음성이었다.
대답이 웃음과 함께 터져 나왔다.
"아니, 저 글자도 모르세요?"
끊임없는 웃음을 흘리면서 승객들은 기차를 떠나갔고
그제야 나는 그 눈빛과 질문들을 이해할 수 있었다. ▸

I cannot read without thinking

of the train to Bellville,

the one from Cape Town

at a quarter past three

and the thousands of eyes

looking out of the window

and me never knowing

whether they can see!

책을 읽을 때면 나는 늘 그 기차를 떠올린다
세 시 십오 분발
케이프타운에서
벨빌로 가는 기차를.
창밖을 내다보는
수천 개의 눈을 보면서도
그 기차를 떠올린다.
저 눈들이 볼 것을 제대로 보기는 하는 건지.

A letter to comrade Ruth First[*]

Dear Ruth

This letter is no bomb —

killer-postmen have switched professions.

They run thriving security concerns chasing criminals.

Some of them told their "truth" and others, well

they exist. Still, please open carefully,

the content is fragile and might break your heart.

Our democracy is a young apple tree.

Most of its crop are sweet but the ones that are sour

tend to contaminate, almost eradicate our yield.

So here is a question I would like to ask —

have you ever heard of a wonderful tale

where Profit and Peace perfectly balance on one scale

or is this a fantasy that has gone stale? ▸

* 루스 퍼스트: 남아공 출신의 공산당원 정치인으로 반-아파르트헤이트 투쟁에 앞장서 싸웠다. 1982년 모잠비크에서 망명 중 아파르트헤이트 정권이 보낸 편지-폭탄을 받고 살해당했다.

루스 퍼스트 동지에게 보내는 편지

친애하는 루스 동지
이 편지는 폭탄이 아닙니다,
살인마 우편배달부가 직업을 바꾸었지요.
그자들은 범인들의 뒤를 쫓느라 안절부절못하고 있지요.
어떤 이들은 "진실"을 말하기도 했지만, 다른 이들은, 글쎄요
그런 자들도 존재한다 합디다. 그러니, 아주 조심스럽게 열어
보시길 권합니다,
　내용물이 깨지기 쉬운 것이고 당신의 마음을 아프게 할지도
모르니까요.

　우리네 민주주의는 아직 설익은 사과나무 같은 것입니다.
　대개는 달콤하지만 여전히 쓴 과일도 있지요. 그것들은 쉽게
썩어,
　우리네 농사를 망쳐버리기도 한답니다.
　하여 제가 묻고 싶은 질문이 하나 있습니다,
　당신은 그 놀라운 이야기를 들어보신 적이 있는지요,
　이익과 평화가 완벽하게 균형추를 이루는 곳이 있다는 이야기
말입니다.
　너무 식상해져 버린 환상 같은 이야기일까요 ▸

We were told that the economy should grow

before stability and security will show

and that the resultant material basis

should put a smile on all the workers' faces.

So the masses came to the Party

and held aloft their toast,

this was after all the dream they believed in most.

But in Paradise there were bitter apples too.

After seeing the blossoming phases through,

the workers-wind is blowing up a storm

and I see how tornados form.

Will the young apple-tree endure?

Will she deliver that which she was planted for

or is the system that she's rooted in rotten to the core?

Dear Ruth ‣

우린 이런 이야기를 들었지요, 안정과 안전에 앞서
경제가 성장해야 한다는 이야기 말입니다,
그로 인한 물질적 토대가
노동자들의 얼굴에 웃음꽃을 피게 해야 한다는 이야기 말이죠.
그리하여 노동 대중들이 잔칫상 앞에 나타나
술잔을 높게 쳐들어야 한다는 이야기 말입니다,
이것이 결국 그자들이 바라는 최상의 꿈이 아닌지요.

낙원에는 맛이 신 사과들도 많더군요.
열매가 열리는 시기가 지나고 나면,
노동자들이 일으키는 바람이 폭풍이 되어 불어오고
전 회오리바람이 어떻게 만들어지는지를 똑똑히 보게 되지요.
아직 덜 자란 사과나무가 견뎌낼까요
그 나무가 배 속에 품고 있던 것들은 제대로 해산해 낼 수 있을
까요
그 나무가 씨앗까지 썩도록 심어놓은 게 제도일까요
친애하는 루스 동지 ‣

Dear Ruth

It is the contradictions that we fear,

boundary lines are blurred not clear.

Can a capitalist become a communist —

is a communist, a communist, a communist?

Where do we place the emergent bourgeoisie?

Are they just a different branch or another apple tree?

Do we still define ourselves as "we"?

But Ruth, in spite of all the cynicism,

the questions, the doubts, the criticism —

this is a democracy that we hold dear

for we can speak our minds without fear.

We squabble, we quarrel, we dispute,

we contest, we disprove, we refute —

no more letter-bombs to make us mute! ▸

친애하는 루스 동지
우리가 두려워하는 것은 모순이지요,
경계선은 흐려졌고 투명하지 않습니다.
정녕 자본주의자가 공산주의자가 될 수 있을까요,
공산주의자는, 정녕 공산주의자, 공산주의자인가요
이제 막 부상하는 부르주아는 어디에 위치시켜야 할까요
그자들은 그저 다른 가지 아니면 다른 사과나무일 뿐인가요
우리는 아직도 우리 자신을 "우리들"이라고 규정하고 있는 건
가요

그러나 루스 동지, 모든 냉소와,
질문과, 의심과, 비판에도 불구하고,
우리에게 소중한 것은 민주주의입니다,
우리가 두려움 없이 우리의 생각을 말할 수 있기 때문입니다.
우리가 말다툼을 벌이고, 싸우고, 편이 갈라지고,
서로 경합을 하고, 불신하고, 반박을 한다 해도,
우리를 침묵하게 만드는 편지 폭탄만큼은 제발! ▸

The struggle continues as you always said.

"Aluta continua" are words we eat with our bread.

We end this letter with gratitude and joy

for your enduring spirit that no letter-bomb could destroy.

"Comrade Ruth First" a woman to behold,

a socialist never to be sold,

a name to be written in gold!

동지가 말했듯이 투쟁은 계속됩니다.

"투쟁은 계속되리라"라는 말을 우리는 매일 빵 먹듯 먹습니다.

우리는 이 편지를 편지 폭탄으로는 감히

무너뜨릴 수 없는 동지의 끈질긴 영혼을 향한 감사와 기쁨으로
끝냅니다,

"루스 퍼스트 동지," 찬양하는 여성 동지,

결코 팔리지 않을 사회주의자,

황금으로 기록될 이름이여!

Women of the struggle

They came and knocked
at four o'clock
the air still
brimmed with night
and you stayed, hovered,
over what was left.
You waited for them
at four o'clock,
the air still
charged with sun
and you stayed hopeful
for those now gone.

Your footsteps lie dead,
the path to the morgue,
a customary one —
those you have buried
and those you did not —
their details were filed ▸▸

투쟁하는 여인들

그들이 도착해 방문을 두드렸다
네 시였다
대기는 여전히
어둠의 언저리를 채우고 있었다
그리고 당신은 남아, 떠돌았다,
남아 있는 것들의 허공을.
당신은 그들을 기다렸다
네 시였다,
대기는 여전히
태양열로 충전되어 있었고
당신은 떠나간 이들에 대한
희망을 지닌 채 남아 있었다,

당신의 발자국 소리가 멈추었다,
시체보관실로 가는 길이었다,
자주 가는 곳이었다,
당신이 묻어준 사람들과
당신이 묻지 않은 사람들,
그 사람들의 이력이 당신의 마음속 서랍 속에 ▸▸

in the drawers of your mind.

You wake up at four,
accuse the impending menopause
and drag your weary bones
to fill the backbenches, still.
There are names you remember
making front page news.
There are sometimes too much
wine in your glass
and you laugh too loud
drowning the stories
you have to tell.

Women of the struggle
through your womb
freedom flows
in the strides of your steps
history goes ▸▸

정리되어 있었다.

당신은 네 시에 깨어나
임박한 갱년기를 투덜거리며
지친 뼈들을 이끌고
등받이 의자에 앉았다, 얌전히.
당신이 기억하는 이름 중에는
일면 뉴스를 장식하는 이름이 있었다.
이따금 당신 잔에는
너무 많은 포도주가 담겨 있었고
당신은 박장대소를 하며
당신이 해야만 하는
이야기를 삼켜버렸다.

투쟁하는 여인들
당신의 자궁을 따라
자유가 흐른다
당신이 내딛는 발자국을 따라
역사가 지난다 ▸▸

but women of the struggle

where are you now?

투쟁하는 여인들이여
당신들은 지금 어디에 있는가

Twenty years of freedom

celebrating the 20th year of Nelson Mandela's release

When the gates swung open

our bodies were released.

We walked in the lanes

and tasted the fruit

strange to our tongues

but our minds were confined,

trapped in the squares.

And we had to deal with words,

words that had to define us,

yes, words that could also confine us.

There were conversations loud and clear.

There were whispers, words we could not hear.

And ultimately our existence depended on words

slipping from the tongue onto the page

either to liberate or put in a cage. ›

이십 년 간의 자유

넬슨 만델라가 석방된 지 이십 년을 기념하며

문이 활짝 열렸을 때
우리네 육신은 해방되었다.
길을 따라 걸으며
혀에 낯선
과일을 맛보았지만
우리네 마음만은 광장에 갇힌
감옥이었다,
우리는 말과 싸워야 했다,
우리를 규정하는 말과,
우리를 구속하는 말과.

크고 분명한 목소리로 대화들이 오고 갔다.
속삭임도 있었다, 우리가 듣지 못하는 말들도.
결국 우리는 혀에서 종이로 옮겨 간
말들에 의존하는 신세가 되었다
해방을 위한 것인지 구속을 위한 것인지. ▸

Who owns these words we might just ask?

These words that could proclaim a saint

but words we could also use to taint?

As we sweep over the words of our past

we find some dead, others that still last.

Twenty years ago we gave birth to words.

Some were nurtured and some died young.

Some of the words that we tried to create

others painted as naked hate.

And again we ask who owns these words?

Who owns the minds of those that walk but cannot speak?

Who determines the liberation that we all seek?

우리가 이렇게 단순하게 물을 수 있는 말들을 소유하고 있는
자는 누구인가
성자를 자청하는 말이지만
타락을 위해서도 사용하는 이 말들을
지난 시절의 말들을 쓸어버리며
우리는 죽은 말들을 보았고, 아직도 살아 있는 말들을 만났다.

이십 년 전에 우리는 말들을 낳았다.
어떤 말들은 잘 자랐고, 어떤 말들은 요절했다.
어떤 말들을 우린 살려내려 애를 썼고
어떤 말들은 철저한 증오로 둔갑했다.
그리하여 다시 묻는다, 이 말들을 소유하고 있는 자들은 누구
인가
걸어 다니기는 하지만 말은 할 수 없는 사람들의 마음을 소유
하고 있는 이들은
우리 모두가 추구하는 해방을 결정하는 이는

Reconciliation

We were dressed up for the occasion,
left the tainted rags behind
for the wedding bells were ringing,
we were hungry for a feast.

But blinding lights were all that met us
while deafening sounds from a make-shift band
called on us to take the floor.
We woke up from the nightmare to
be greeted by another one.

There could be no holy matrimony
for the vows were not properly rehearsed.
Now the words we said so surely
keep on slipping from our tongues. ▸

화해

우리는 행사에 맞는 옷을 골라 입었다,
결혼식 종소리가 울려 퍼지나니
꼬질꼬질한 누더기는 던져버리자,
축제에 무척이나 굶주렸구나.

아마추어 밴드가 울려대는 귀가 멀 것 같은 소리들이
우리를 무대 위로 불러대지만,
반기는 건 눈먼 빛뿐이로다.
악몽에서 깨어나니
또 다른 악몽을 만나는구나.

맹서가 제대로 지켜지지 않는다 하니
거룩한 결혼이란 없는 것인가
지금 우리가 그토록 분명하게 말했던 단어들이
우리네 혀 위를 끊임없이 미끄러져 가고 있도다. ▸

We are divorced from our dreams,
we cover our ears in shame.
The false note in our symphony
thwarts the efforts we make to dance.

There are sweet music in the future,
songs we could compose ourselves
but our strings will keep on breaking,
our costumes will always have a tear —
for the blemishes on our past
cannot be whitewashed into zero.

So let us dance on brittle bones,
hold our stains to the light,
let us move slowly through our night.

우리는 꿈에서 분리되었고,
부끄러움이 우리네 귀를 감싸고 있도다.
가짜 교향곡 가락은
춤을 추고자 하는 우리네 의지를 좌절시키는도다.

미래에는 달콤한 음악이 있을지니,
우리가 스스로 만들어 낼 노래가 있을지니,
그러나 우리가 연주할 악기의 현들은 계속해서 끊어질 것이고,
연미복 위로는 눈물이 흐를 것이다.
과거의 얼룩들이
완전히 탈색될 수는 없으므로.

자, 이제 바스락거리는 뼈들 위에서 춤을 춥시다,
우리의 얼룩을 빛에 비추고,
밤을 향해 서서히 몸을 흔듭시다.

Africa, my heart

O' heart of all hearts,

cradle of civilization,

I trace your bloodlines

pumped from your essence

to every corner of this world.

You gave life, continue to beat

and bleed to keep this earth alive.

Foreign donors operate from your bloodbank,

transplanting bloodsuckers and bloodshed, your own,

blood of your blood contaminate the noble paths that flow
through you.

Symbol of sacrifice, what will happen to this world when
you stop beating?

아프리카, 나의 심장이여

오, 심장 중의 심장이여,
문명의 요람이여,
나, 당신의 본질에서 솟아오른
혈통을 따라
이 세상 구석구석을 찾아가나이다.
당신은 생명을 주셨고, 박동을 멈추지 않음으로,
피를 쏟아 이 땅을 살아 있게 하나이다.
당신의 혈액은행에서 낯선 이방인들은 피를 뽑고,
흡혈귀들로 그 자리를 채우며, 당신의 피로, 피를 보지요,
당신이 흘리는 피 중의 피는 당신을 관통해 흐르는 고결한 그
길을 오염시키지요.
희생의 상징이여, 당신이 박동을 멈추는 순간 이 땅에는 무슨
일이 일어날까요

On the anniversary of my mother's death

written 03.06.98 in Utrecht, Holland

Oh, the time dawns on me,

approaches me like darkness

where the sun forsakes me

and the moon turns her back

Oh, the time dawns on me,

follows my steps with certainty,

it catches my breath and leaves me choking

I clutch my memories with despair.

and shake them each to life.

I taste my tears,

rivers full of pain.

I swim in circles,

I shout her name.

I see her eyes filled with love

but her arms —

oh, her arms are still!

어머니의 기일에
1998년 6월 3일 네덜란드에서

오, 그 시간은 내게 새벽처럼 깨어나,
어둠처럼 다가온다
태양은 나를 버리고
달은 등을 돌린다

오, 그 시간은 내게 새벽처럼 깨어나,
확신에 찬 걸음으로 나를 따라와,
내 호흡을 붙잡고 내 숨통을 조여온다

나는 절망적으로 기억을 부축하여,
그들을 일일이 흔들어 깨운다.
나는 눈물을 음미한다,
고통으로 가득한 강.
나는 소용돌이 헤엄을 치고,
그녀의 이름을 소리쳐 부른다.
나는 사랑으로 가득한 그녀의 눈을 바라보지만,
그녀의 두 팔은,
오, 그녀의 두 팔이 움직이지 않는구나!

Mother

will the memories of you
with a voice so subdued
so full of love
so full of care
always return?
Will the images of you
with eyes in peace
so content
but far away
always come back
to make me weep
for the final days
I spent with you?

and as I search
the couch in the lounge
and as I smell
the scent in your bed
and when I open your drawers ▸▸

어머니

과연 당신에 대한 기억이
그토록 낮은 목소리로
충만한 사랑으로
충만한 보살핌으로
늘 돌아올까요
과연 당신의 이미지는
그토록 만족스럽고
평화로운 눈으로
너무 멀리 있는
모습으로 늘 돌아와
나를 울게 할까요
당신과 함께 보낸
그 마지막 날들 때문에.

나, 거실의 소파를
찾아 헤매는 동안
나, 당신 침대에 남은
향기를 맡는 동안
나, 당신 서랍을 열어 ▸▸

to retrieve

the moments of closeness

you might have left —

the world for me

then splits into two

the one that is

and the one that was

will the memories of you

always come back

to make me weep

for the final days

I spent with you!

친밀함의
순간들을 꺼내는 동안
당신은 떠나버렸을지도 모릅니다,
그리하여 내게 남겨진 세상은
둘로 갈립니다,
지금 그대로의 세상과
옛날 그대로의 세상으로.

과연 당신에 대한 기억은
항상 다시 돌아와
나를 울게 할까요
당신과 함께 보낸
그 마지막 날들 때문에.

Daddy

on our house now

stands a house,

the windows all

away from the sun.

There are no apples

in the garden

just the tree

that wouldn't die.

Daddy,

in my heart now

grows a willow

that keeps on weeping

as it grows.

Daddy,

you've been gone no

for so long, for so very long.

아버지

지금 내가 살고 있는 집 위에는
또 다른 집이 서 있다,
창들은 모두
태양을 멀리하고 있다.
정원에
사과는 더 이상 매달려 있지 않고
죽지 않는
나무만이 있을 뿐이다.

아버지,
지금 내 마음속에서
버드나무로 서서
키가 자랄 때마다
울고 계시는.

아버지,
그토록 오래, 그토록 오래오래
떠나가시고 안 계신.

I remember worry

worry about you

i remember being 9 years old

and worry

worry about you

at 36 years old

i remember lying awake

listening to the quiet of the night

i remember worry

worry about you

on your way home

at 40 years old

i remember worry

as if i have never forgotten

tuning my ears

spreading it out

to catch a sound

any sound

and turn it into your voice

loud, and clear ▸▸

나 기억합니다, 그 걱정을

당신을 걱정했습니다.
아홉 살 즈음이었을 겁니다.
당신을 걱정
또 걱정했지요
서른 여섯 살 때에는
뜬눈으로 자리에 누워
밤의 적막을 들으며
나 당신을 걱정
또 걱정했지요
마흔이 되어서는
나 기억합니다, 그 걱정을
귀를 쫑긋 세우고
또 활짝 펴서
하등의 소리라도
그 소리 한 자락 놓치지 않으려고
크고 분명한
틀림없이 당신 것인
그 목소리가 들리는 쪽으로 내 귀를 향하던
그걸 잊지 않으려던 모습을 ▸▸

unmistakably yours

i remember relief

grateful to have ears

that could hear

i remember swinging

from the bed

opening the door

lightning quick

and sneaking back

as you step in

with a bag of noise

i remember curling up

under my blanket

hearing how you lock the door

and then falling asleep

knowing that you are safe

나 기억합니다, 그 안도감을

들을 수 있는

귀를 가지고 있다는 일이

얼마나 고마운지

나 침대에서

기억합니다, 그 진동을

문이 열리고

불이 켜지고

한 자루의 소음으로

걸어 들어와

살금살금 뒷걸음질을 치던 모습을

나 기억합니다, 이불 밑에서

꼼지락거리던 모습을

문을 잠그고

잠에 곯아떨어진 당신을 들으며

당신에게 아무 일도 일어나지 않았음을 안도하던 일을.

Dark red flowers

"These flowers", they said,
"don't last, their dark red petals die
minutes after being cut,
their colour pales into nothing."

But I picked them,
wishing their dark red to stay.
I picked them for her
whom I needed close
like flowers she loved
like dark red flowers,
she must be a flower now.

I picked them
and felt her smile.

검붉은 꽃들

"이 꽃들은" 그들이 말했습니다,
"오래가지 않습니다, 이 검붉은 꽃잎들은
잘리자마자 금방 죽지요,
색도 금방 바래지요."

나는 그 꽃들을 집어 들며,
검붉은 그 색이 사라지지 않기를 고대했다.
그 꽃들을 집어 든 것은 그녀 때문이었다.
그녀가 사랑하던 꽃처럼
검붉은 꽃처럼
늘 가까이 하고픈 그녀 때문이었다,
지금 그녀는 꽃이 되었을지 모른다.

나는 그 꽃들을 집어 들고
그녀의 미소를 느꼈다.

Memories

for Mummy

Nothing was more certain

than me in you

than me from you

in your fibre

your marrow and spleen

you held me tight

and I return

with full-grown hands

and old, worn-out feet

to relive in my dreams

that which once was one

but you sleep undisturbed

with one eye closed

time tears us apart

Nothing is more certain

than me and you

slowly fading ▸▸

기억들
어머니를 그리며

당신 안에 있는 나보다
당신의 피부와
골수 그리고 비장에서
나온 나보다
더 분명한 건 없었지요
당신은 나를 꼭 안아주었지요
그러면 나는 다 자란 손을
되돌려드렸지요
그러면 늙고 지친 발이
내 꿈속에서 쉬고 싶어 했지요
한때는 하나였던 것들이죠
당신이 한쪽 눈을 감은 채
깊은 꿈을 꾸는 동안
시간이 우리를 갈라놓는군요.

서서히 그림자 속으로
시들어 가는
나와 당신보다 ▸▸

into shadows.

더 분명한 건 없겠지요.

We will meet again
for Daddy

Last night I saw you waiting

on the banks of a swollen river.

I looked for your eyes

but found them obscured

by the rise and fall

of the dangerous swell

I could have sworn

that you called

but you stood there frozen

with an unmentioned question

on the sides of your mouth.

How do I tell you that I am alright,

that I have learned to swim

through cross-current streams

that I perform with dolphins

in the under-water world,

that I sometimes get caught ▸▸

우린 다시 만날 겁니다
아버지를 그리며

어젯밤 물이 불어난 강둑에
서 계시던 당신을 보았습니다.
무섭게 불어난 물이
오르락내리락 출렁거려서인지
혼란스러운 눈빛으로
서 계시더군요
나, 맹세합니다
당신은 분명 저를 부르고 계셨습니다
당신은 입가에
말할 수 없는 질문들을 악다문 채
얼어붙은 듯 서 계셨습니다.

제 어찌 당신께 말씀드릴 수 있겠습니까, 제 말이 옳다고
제가 빠른 물살을 가로질러
헤엄을 쳐 갈 수 있다고
저 물 밑 나라에서
돌고래와 난장을 펼칠 수 있다고,
이따금 기대치 않았던 파도에 ▸▸

in an unexpected wave

but always rush back

to the white shining sand?

Do not wait for me

on the banks of the river,

set me free in the rising swell,

send me with wishes for I will return.

We will meet at sunset, someday

on the now so distant shore.

휩쓸리기도 하지만
언제나 다시 하얀 모래가 반짝이는
곳으로 되돌아온다고.

강둑에 서서
저를 기다리지 마세요,
부풀어 오르는 물속으로 저를 놓아주세요,
제가 다시 돌아오리라는 소망으로 절 보내주세요.
우린 해 질 무렵 다시 만날 겁니다, 어느 날
지금은 다소 먼 해안가에서.

For Sarah Tait

Your offspring grow scattered —
they consume the land —
their shades a multitude of colours,
not fixed, not one.

White, you came from Ireland —
driven by a famine —
fatigued and hungry
you succumbed to English demands.

Imprisoned by racial anxiety —
you had to protect
the Whiteness of being.
Though warned against racial impurity,
you dared to cross their boundary. ‣

사라 타이트를 위하여

당신의 자녀들은 자라 사방으로 퍼져나갔습니다,
땅을 일구기도 했지요,
수만 가지 색깔로 응답도 만들었지요,
고정되지도 않고, 한 가지 색깔도 아닌.

하얀 피부색을 가진, 당신은 아일랜드에서 오셨지요,
기근 때문이었죠.
지치고 배가 고파서
당신은 영국의 요구에 굴복하고 말았지요.

인종적 분노의 옥에 갇히고서야
당신은 하얀색의 존재를
보호해야 했지요.
그러나 인종 간 교배를 금지한다는 경고에도 불구하고
당신은 그 경계를 훌쩍 넘어섰지요. ▸

You chose a life of poverty

over one of domination —

taking on another name

you said goodbye to European identity.

Mocking their truth —

you established your own.

You blurred their racial demarcation

and scorned the right of White preservation.

How dared they speak of moral decline,

of sexual contamination —

climatic incompatibility —

of White women's sterility? ›

당신은 지배의 삶 대신에
가난의 삶을 택하셨지요,
이름까지 바꿔가며
유럽인 신분에 작별을 고하셨지요.

그들의 진실을 비웃으며
당신의 진실을 세우셨죠.
인종 간 분리의 경계를 스스로 허물며
백인의 순수성을 보호할 권리를 조롱하셨지요.

어찌 그들이 도덕적 타락을 이야기할 수 있는지요,
성적 방탕과
불손한 기후
백인 여성의 불임증에 대해 말이지요. ▸

You gave birth to thirteen children
and lived till the age of eighty four.
You adored the heat of the African sun
of going back, you would have none!

Oh, Sarah Tait,
your struggle is a forgotten one,
untold it was buried before being born.
But you surface at the oddest of times
and demand to take what is yours —
and if your fight was not won in the North
it was surely won in the South!

Your offspring grow scattered —
they consume the land —
their shades a multitude of colours,
not fixed, not one.

당신은 열 세 명의 자녀를 낳았고
여든 네 살까지 사셨습니다.
아프리카 태양의 열기를 사랑하셔서
그 태양으로 돌아가셨습니다.

오, 사라 타이트,
당신의 싸움이 잊혀지고 있습니다,
태어나기도 전에 땅에 묻히고 있습니다.
당신은 가장 희한한 시대의 표면을 떠돌며
당신의 몫을 요구하고 있습니다.
당신의 싸움이 설사 저 북쪽에서 성공하지 못한다 해도
이곳 남쪽에서는 반드시 승리할 겁니다.

당신의 자녀들은 자라 사방으로 퍼져나갔습니다,
땅을 일구기도 했지요.
수만 가지 색깔로 응달도 만들었지요,
고정되지도 않고, 한 가지 색깔도 아닌.

Driving home

for Aunt Marga

It is here

where the road bends —

where on the left

a church

and on the right

another one

scintillate amongst

the grey neglected flats,

home to the wide-eyed kids

and budding gangster

who, with red-coloured hair

circles the walls

of the battling grocer's store.

It is here

where the roads turn —

one to the left

and one to the right.

It is here ▸▸

집으로 가는 길에서

메르가 숙모를 위하여

여기다,
길이 휘어지는 곳이.
왼쪽에는
교회가 있고
오른쪽에는
또 다른 교회가 있다.
버려진 잿빛 아파트 사이로
빛을 뿜어대고 있다.
눈이 큰 아이들이 살고 있고,
머리에 빨간 물을 들이고
성업 중인 식료품 가게의
담벼락을 어슬렁거리는
앳된 동네 깡패들이 사는 아파트 사이로.
여기다,
길이 갈리는 곳이.
한쪽은 왼쪽으로
다른 쪽은 오른쪽으로.
여기다, ▸▸

where I, behind my wheel
resolved so many times
that it is apt for me
to turn for you.

But you have gone
another way.
You took the turn
I'm yet to take
and I drive on
confronted still
with the turn to the left
and the turn to the right.

내가, 자동차에 앉아
매번 결단을 내렸던 곳이,
당신에게
돌아가겠다고.

당신은 떠났다,
다른 길로.
당신은 이미 사라졌고
나는 남아
눈앞의 적막을 마주하며
차를 몰고 있다.
왼쪽 깜빡이를 켜고
오른쪽으로.

That day

On April 27, 1994, I took my mother's hand
for it was a new day in our land.
She was 68 and I was 41
and as the morning sun
made its daily run,
we walked slowly step by step.
The roads were abuzz
but our minds were clear,
a new day in our lives was here.

On wobbly legs she entered the hall
but with held high she suddenly looked so tall.
I watched as she made her cross,
as we regained the dignity that we have lost.

That day on April 27, 1994,
I took my mother's hand
for it was a new day in our land.

그날

1994년 4월 27일, 나는 어머니의 손을 잡았다
우리 땅에 새로운 역사가 열리는 날이었다.
어머니는 68세였고 나는 41세였다.
아침 해가
하루의 일과를 시작할 즈음,
우리는 한 걸음 한 걸음 서서히 나아갔다.
길은 어디나 분주했지만,
마음만큼은 투명했다,
삶의 새로운 하루가 열리는 날이었다.

비틀거리며 어머니가 실내로 들어섰다,
부축을 받은 그녀는 무척 커 보였다.
나는 어머니가 성호를 긋는 것을 보았다,
잃어버린 존엄성을 되찾는 순간이었다.

그날은 1994년 4월 27일이었다,
나는 어머니의 손을 잡았다,
우리 땅에 새로운 역사가 열리는 날이었다.

A tribute to Rosa King

You lift the saxophone and fill your lungs to spew contempt

at those who need to diminish your stature

and you hold the note

and raise your chorus to an unforgettable high.

The earth trembles with fear

and women laugh with joy at a heart so big,

you cut the song the others sang into two.

The wind howls against the windows of the Table Bay Hotel,

pressing its face against the solid glass,

but you flinch not an inch, instead you continue to tell

how you came to be, you shine silently in white

your gown donning your tired body.

You speak of hardships, of happiness and pain. ▸▸

로사 킹*에게 바치는 시

당신은 색소폰을 들어 허파에 바람을 잔뜩 채우고는 저주를
불어댔다
당신의 크기를 줄이고자 하는 사람들을 향해서.
당신은 악보를 집어 들고
결코 잊을 수 없는 고성으로 코러스를 뽑아댔다.
땅은 두려워 벌벌 떨었고
여인네들은 호탕한 가슴으로 기쁨에 겨워 박장대소했다.
당신은 다른 사람들이 부르던 노래를 둘로 갈랐다.

바람이 단단한 유리에 얼굴을 비벼대며
테이블 베이 호텔의 창밖을 으르렁거렸다.
당신은 조금도 위축되지 않고,
당신이 어떻게 오늘에 이르게 되었는지 계속 말을 이어갔다,
당신의 지친 육체를 가린 하얀 가운 속에서
당신은 조용히 빛나고 있었다. ▸▸

* 2000년 12월에 죽은 음악가. 색소폰 연주자이며 가수이기도 하다.

The world becomes one, from the east to the west,

from the north to the south and I am tormented.

Black women always die too young, no matter what their

age —

Black women always die too young.

당신은 고난과 행복과 아픔을 이야기했다. 동과 서,

남과 북, 세상은 하나가 되어가고 있었지만, 나는 아팠다.

나이에 상관없이 흑인 여자들은 왜 그렇게 요절을 하는 것일

까,

흑인 여자들은 왜 그렇게 요절을 하는 것일까.

You spent your last winter with me

dedicated to Amy Biehl

You spent your last winter with me

here in the bone dry cold

where the harsh sun of summer

can now but weakly warm my cheek.

You spent your last winter with me

here in the arid land

devoid of snow and rain

where earth and land show cracks of pain.

You spent a winter full of love

and became one with the air unknown to you.

You dug gardens in the seedless soil,

you grew sweet potato, forgot

that suffering bears fruits of bitterness.

You brought your dreams, your hopes to feed ▸▸

132

당신은 나와 함께 마지막 겨울을 보냈습니다
에이미 비엘*에게 바치는 시

당신은 나와 함께 마지막 겨울을 보냈습니다,

여기 뼈가 시린 추위 속에서,

가혹했던 한 여름날의 태양이

내 뺨을 미약하게 어루만져 주는 곳에서.

당신은 나와 함께 마지막 겨울을 보냈습니다,

눈과 비를 모두 빼앗긴

여기 메마른 땅에서.

흙과 땅이 고통으로 갈라지는 곳에서.

당신은 사랑으로 가득한 겨울을 보냈습니다,

당신에게 익숙지 않은 대기와 하나가 되었습니다.

당신은 씨앗 한 톨 없는 땅을 파서 정원을 일구고

고구마를 심었지요, 그러고는

고통은 맛이 쓴 열매를 맺는다는 사실을 까맣게 잊었죠.

당신은 꿈을 가져왔죠, ▸▸

• 남아공에서 살해당한 미국 여대생

the open eyes that had long stopped seeing.
You planted your soul in the barren fields
and flew away to an eternal spring.

You gave your last winter to this land in turmoil,
this the land of great extremes.
We'll remember your face when the seasons change colours,
when green leaves turn yellow and yellow turns green.
We'll harvest the fruit of your toiling soul
and feed the people of the land that you loved so.

오래전에 바라보기를 멈춘 눈들을 뜨게 할 희망도 가져왔죠.

당신은 황량한 이 땅에 당신의 영혼을 심어놓고

영원한 봄을 찾아 날아가 버렸죠.

당신은 이 혼란의 땅에 당신의 마지막 겨울을 바쳤습니다,

극단을 치닫는 이 땅에.

계절이 옷을 갈아입을 때마다 우리는 당신의 얼굴을 기억할

겁니다,

초록이 노랑으로, 노랑이 초록으로 바뀔 때마다.

우리는 당신의 영혼이 애써 일군 열매를 추수하여

당신이 그토록 사랑했던 이 땅의 사람들을 먹일 겁니다.

For Amy Biehl

Amy Biehl did not die in detention without trial

nor did she slip on a bar of soap

or jumped from above!

No, Amy died a death we did not wish for.

Amy died a death we have no excuses for.

Amy's blood lies spilt,

Amy's screams hang chilled,

Amy's face is built

on the great, big walls of Africa.

Amy Biehl did not die in solitary confinement

nor in the march to Bisho

or brain-damaged in a van to Pretoria! ›

에이미 비엘에게

에이미 비엘은 재판도 받지 않고 수감 중에 죽은 것이 아니다
미끄러운 바닥에서 낙상한 것도 아니다
높은 곳에서 떨어져 죽은 것도 아니다.

아니다, 에이미는 우리가 원하지 않았던 죽음으로 죽은 것이다.
변명의 여지가 없는 죽음으로 죽은 것이다.
에이미의 피가 흘러넘친다,
에이미의 비명 소리가 싸늘하게 허공을 맴돈다,
에이미의 얼굴이 세워졌다,
크고 장대한 아프리카의 담벼락에.

에이미 비엘은 독방에서 죽지 않았다
비쇼*로 행진하다가 죽은 것도 아니다
프레토리아로 가는 닭장차에서 머리가 깨져 죽은 것도 아니
다. ▸

• 　남아공의 주요 인종인 코사인(Xhosa)이 모여 사는 도시이다.

No, but Amy also died victim of a vicious system,

a system vicious in its suicide,

a system haunted by its own nightmares,

a system she could not imagine so cruel.

How gruesome the stories that's been told.

How true the events that unfold.

When Dylan sings of Hattie Carroll

or Baez sings of great Joe Hill,

I know that certainly one day,

a song will be sung for Amy Biehl.

아니다, 그러나 에이미는 사악한 제도의 희생양으로 죽고 말
았다,
　　자살로 악명 높은 제도 때문에,
　　자신의 악몽에 사로잡힌 제도 때문에,
　　그 정도로 잔인할 거라고 그녀가 상상도 하지 못한 제도 때문에.

　　얼마나 잔인한 이야기들이 떠돌았는가.
　　얼마나 진지한 사건들이 전개되었는가.

　　딜런이 해티 캐롤을 노래하고
　　바에즈가 위대한 조 힐을 노래할 때,
　　나는 확신한다, 언젠가
　　에이미 비엘을 위한 노래가 불릴 것이라고.

A woman's journey to sanity

Past Wellington, past Worcester and Wolseley —
the monstrous peaks loom openmouthed.
The faces in windows whisper and mock —
"I have his report", she wants to scream,
but the wind in the fields through the Soutpansnek
denounces the verdict again and again —
"It's not what she says, but what she does."

Bosluiskloof and Brandrivier, Porterville and Pietersburg —
the rivulets chuckle in secret song,
"The woman in slippers seems quite insane",
"Look not at my feet but in my eyes",
but her diary lines are splashed against
the overgrown hills of Wiegenaarspoort,
"It's not what she says, but what she does." ‣

정신병원에서 나오기 위한 한 여인의 여정

웰링턴을 지나고, 부스터를 지나고, 워슬리를 지나도록
그 괴물 같은 봉우리들이 입을 쩍 벌리고 있다.
창가에 선 얼굴들은 속삭이며 비웃는다,
"나한테 그 소견서가 있다니까요" 여자는 그렇게 소리를 지르
고 싶어 하는 것 같았지만,
사우트판스넥을 지나온 벌판의 바람이
거듭거듭 그 판결을 거부하며 말한다.
"여자는 그렇게 말한 것이 아니고, 행동을 한 것이지요."

보스루이스클루프와 브란드리비에 그리고 포르테빌과 피터스
버그를 지나도록
개울들은 은밀한 노래들을 부르고 있다,
"슬리퍼를 신은 여자가 미친 것 같다고,"
"내 발을 보지 말고 눈을 보라고,"
여자가 일기에 쓴 글들은 비겐나스프루트의
웃자란 언덕들에 가 부딪히며,
"여자는 그렇게 말한 것이 아니고, 행동을 한 것이지요." ▸

In Swanepoelspoort where the sun means hurt
the heavy oak trees have stories to tell.
They beg her onwards to Steytlerville,
but her voice sounds hollow in defeated response,
"Please guide my feet to Sewe Weekspoort,
for my heart feels dead and my eyes are cold."
And her traces shout in the Rosebergpass,
"It's not what she says, but what she does."

Through Dysselsdorp, De Rust and De Aar,
the yellow-golden fields of the Sederberg,
water from the heavens sucks in the earth
and a woman without slippers and hospital gown
dances victorious to the dying sun,
"What matters the content of a doctor's report",
the echoes of her voice reaching the stars,
"For it is what I say and what I do!" ‣

상처 입은 태양이 있는 스와네폴스프루트에서
커다란 너도밤나무는 할 이야기들이 많다.
나무들은 여자에게 스테이틀러빌로 가라지만,
여자의 목소리는 공허한 메아리로 돌아올 뿐이다,
"내 발을 세워 웩스프루트로 인도해 주시오,
심장이 멈춘 것 같고 눈이 식은 것 같아요."
여자의 흔적은 로제버그파스에서 소리를 지른다,
"여자는 그렇게 말한 것이 아니고, 행동을 한 것이지요."

디셀스도르프와 데루스트 그리고 데아르를 지나도록
세더버그의 황금빛 벌판을 지나도록
하늘에서 내려온 물줄기는 땅으로 흡수되고
슬리퍼도 신지 않고 환자복을 입지도 않은 여자는
사위어 가는 태양을 보고 승리의 춤을 추며,
"의사의 소견서 따위가 무슨 상관이람"
여자의 메아리는 별에 가닿으며,
"이것이 내가 하고 싶은 말이고 내가 하고 싶은 짓이오!"라고
말한다. ▸

At the feet of the mountains in the Hex Vallei

and in the unspoilt walks of the Houwhoekpass,

(so goes the story of the indigenous ones),

roams the spirit of a woman brave in her heart

and when the earth goes dark with thunder and fear,

her voice lights up in the heavens,

"Hear not the call of the treacherous ones,

who sneak around and swindle your soul.

Carefully listen to the beat of your heart,

follow the music, follow the sound —

know where your journey's bound."

헥스 발레리 산자락을
호우호에크파스를 지나는 미답의 산길을,
(토착민들의 이야기가 전한다),
용맹한 심장을 가진 한 여자의 혼령이 떠돌고
천둥과 공포 속에서 땅거미가 질 때,
여자의 음성이 하늘에 반짝이며,
"사방을 기웃거리며 당신의 영혼을 좀먹는
반역자들의 부름을 듣지 마시오.
당신 심장의 박동을 잘 들어보시고,
음악을 따르시고, 선율을 따르시오,
당신의 여정이 어디서 끝날지를 알아보시오."

Violence

How violent is violence?
Is it the bolded fist
knocking the mouth
summonsing its silence
or is it the glaring eye
searing through the heart
demanding obedience?

How violent is violence?
What is its name?
"Violence against women"?
"Violence against men"?
"Violence against children"?
"Domestic violence"?

When is it violent?
Where does it stop? ‣

폭력

폭력은 얼마나 폭력적인가
아구통을 날리고
침묵을 강제하는
그것은 담대한 주먹일까
심장을 쏘아보며
복종을 강요하는
그것은 살기등등한 눈일까

폭력은 얼마나 폭력적인가
그 이름은 무엇일까
"여성폭력"
"남성폭력"
"아동폭력"
"가정폭력"

언제 폭력적이 될까
어떻게 폭력을 멈출 수 있을까 ▸

Dare I remember

when I look into

your soft grown eyes

to kiss the hand

with the fingers stiff,

dare I remember

that you were violent once?

.

내가 감히 기억이나 할까
부드럽게 변한 당신의
눈동자를 바라보며
손가락을 곧게 펴고
그 손에 입맞춤을 하면서,
내가 감히 기억이나 할까,
당신 또한 한때 폭력적이었다는 사실을

Oh glorious night

Oh glorious night
the moon's a crystal ball
in a quiet sky
the wind is held between
two steady hands
and the sea lays dreaming
with the stars in her eyes

Oh night your peace
is sheltering us
through the blistering wind
of the dusty cape flats
from the ashen walls
in the mannenberg lanes
from the hate spitting faces
in the clarke estates
and the booby-trapped streets
of the elsies rivier ›

오, 영광의 밤이여

오, 영광의 밤이여
고요한 밤하늘에
달은 투명한 공처럼 떠 있고
바람은 고집스런 두 손에
잡혀 있나이다,
바다는 눈 속에 별을 품은 채
꿈을 꾸고 있나이다.

오, 밤이여, 당신의 평화가
때에 절은 마넨버그의
담벼락을 타고
먼지 자욱한 케이프 플랫에서
불어오는
소란스런 바람으로부터
클라크 지역에 사는
분노로 갈라진 얼굴들과
엘시에스 리비에르 거리로부터
우리를 보호하고 있나이다. ▸

Oh glorious night

in your crystal ball

I see the shapes of tranquil souls

sipping the air of the quiet sky

slowly swayed by a steady wind

and offering their dreams

to the twinkling stars

오, 영광의 밤이여
당신의 투명한 공 속에서
불어오는 바람에 서서히 흔들리기도 하고
반짝이는 별빛에게
꿈을 내어주기도 하면서
고요한 밤하늘의 공기를 홀짝이는
평온한 영혼들을 나, 보고 있나이다.

Leaving

They left
their boots
cracking each time
the nearer they came
to the battlefield.

They left
their innocence behind
the mask
once their faces.
They left
and returned
with war-stained eyes.

They left,
they never came back.

떠나며

그들은 남겼다
군화를
전쟁터로
가까이 다가올수록
시간을 꾹꾹 밟아대던.

그들은 남겼다
순수를
한때 자신들의 얼굴이었던
가면을.
그들을 떠났다
되돌아왔다
전쟁에 찌든 눈빛으로.

그들은 떠났다,
그리곤 다신 돌아오지 않았다.

A poem without pretence for peace

adapted for the International Peace Poetry Festival in
Seoul, South Korea, 2005

And when I die, I want to die peacefully.

Although by bullets, bombs or shrapnel,

I want to die with my eyes locked in yours

and may you see in it the love I carry for you.

I want to die in peace, for peace, giving peace, loving peace.

I want to die peacefully —

placing my blasted-out heart in your palm

while your gun is loaded with firepowder,

finely mixed solutions created in corners not spoken of.

And as we meet in that final moment

I will remember the ones

whom we scorched in Hiroshima,

those without limbs in Sierra Leone,

the orphans in Rwanda,

the skeletons we dug up in Bosnia. ▸▸

평화를 바라는 체하지 않는 시

2005년 한국에서 열린 '국제 평화의 시 축전' 때 발표한
시를 다소 손질함

나 죽을 때, 평화롭게 죽고 싶습니다.

총탄과 폭탄 혹은 유탄에 맞는다 해도,

죽을 때 난 당신의 품속에서 눈을 꼭 감은 채 죽고 싶습니다

당신이 그 속에서 당신에 대한 나의 사랑을 볼 수 있기를.

죽을 때 난 평화롭게, 평화를 위해서, 평화를 나누고, 평화를
사랑하며 죽고 싶습니다.

당신이 화약으로 총을 장전하고,

아무도 모르는 구석에서

훌륭한 해결책을 도모하는 동안,

난 만신창이가 된 내 가슴을 당신의 손바닥 위에 올려놓고

평화롭게 죽고 싶습니다.

난 우리가 마지막 그 순간에 만날 때

히로시마 폭발로 고통받던 사람들과,

수족이 잘린 시에라리온의 사람들과,

르완다의 고아들과,

보스니아의 유골들을 기억할 겁니다. ▸▸

I will bring before myself the world

and I will not shout "oh my God, have mercy",

but I will give to you

my last breath so that it may fill you,

that you may wake from your slumber

and soon be stripped of pretence

that you never felt the devastation of two world wars,

one we call "First" and the "Second"

which we cannot call last,

were not aware of the trials at Nuremberg and The Hague

and the faces exclaiming, "we did not know".

And if in that time I would be granted a second

I would ask you to reflect on the here and now —

on the gun in your hand, the bomb on your body,

the missiles manufactured⋯ where?

And if those thoughts could penetrate you,

I would die peacefully

with my eyes locked in yours

and may you see in it the love I carry for you. ‣

그리고 난 세상 앞으로 걸어나가

"오, 신이시여, 자비를 베푸소서"라고는 외치지 않을 겁니다,

대신 난 당신에게

나의 마지막 호흡을 불어넣어 당신을 채우고,

당신을 오랜 잠에서 깨어나게 하여

당신이 그 끔찍한 두 차례의 세계전쟁을

우리가 "제1차" 그리고 "제2차"라 부르는

그러나 뉘른베르크와 헤이그에서의 전범재판을 모르지 않는 한

어떤 얼굴들이 일어나 "우린 몰랐소"라고 외치지 않는 한

마지막이라고는 부르지 않는 그 전쟁을

모르는 체하지 않도록 위선의 탈을 벗길 겁니다,

바로 그 순간 나에게 두 번째 목숨이 허락된다면

난 당신에게 여기 그리고 이곳에 대해 생각해 보라고 말할 겁니다,

당신이 손에 쥐고 있는 총과, 당신이 몸에 감고 있는 폭탄과,

어딘가에서 만들어지고 있는 미사일을.

이런 나의 생각들이 당신에게 전달될 수 있다면,

난 평화롭게 죽을 것입니다

당신의 품속에서 두 눈을 꼭 감은 채로

당신이 그 속에서 당신에 대한 나의 사랑을 볼 수 있기를. ▸

I want to die

still loving you.

나는 죽고 싶습니다
당신을 영원히 사랑하며.

From the other side

Along the riverbank I flow
caressed by the kiss of a leaf,
a leaf that shines love in its glow —
along the riverbank I flow.
Oh, how I wish on the world to bestow
the peace in my eyes I perceive!
Along the riverbank I flow
leaving the world with its grief.

반대편에서

강둑을 따라 흐르며 나는
찬란하게 사랑을 반짝이는
이파리 하나의 키스 세례를 받는다,
강둑을 따라 흐르며 나는.
오, 얼마나 원했던가 나는
내가 본 그 평화를 세상이 알아주기를!
슬픔에 잠긴 세상을 뒤로한 채
나는 강둑을 따라 흐른다.

Silent complicity

Clogged lips

clenched fingertips

hollow cheeks

eye that seeks

stifled echo

broken stiletto

bleeding brain

inner pain

How long

this wrong

neverending years

everlasting fears

Silent complicity

unpardonable neutrality

조용한 공모

굳게 다문 입술
깍지를 낀 손가락 끝
움푹 파인 두 뺨
무언가를 갈구하는 눈

숨 막힐 듯한 메아리
부러진 단도
피 흘리는 두뇌
마음속 고통

얼마 동안
이 부정이
결코 끝이 날 것 같지 않은 세월을
결코 끝이 날 것 같지 않은 공포로

조용한 공모
용서할 수 없는 중립

A brotherhood of men

A gang is a brotherhood of men,
anxiety-stricken in fear of pain
who bond together on the premise
that their private parts
power the planet.
Primitive or mature,
rich or poor
highly developed or naïve,
they stand by their name,
adhere to the call
to make their hearts a fiery stonewall.

A brotherhood of men is nothing but a gang
whose flight into the night
pacifies the tide that torments their ride
They live in a dump
or they live in a mansion, ▸▸

남자들의 형제애

건달이란 다칠 것이 두려워
노심초사하는
남자들의 형제애다
자기들의 은밀한 부위로
지구를 지배한다는 가설을 가지고
하나로 똘똘 뭉친 자들이다,
돈이 많건 돈이 없건
교활하건 순수하건,
그자들은 이름을 걸고
명령에 복종하며
온 마음을 바쳐 불같은 장애물을 만든다.

남자들의 형제애란 어둠 속으로 기어들어가
자신들의 비행을 아프게 했던 물살을 잠재우는
건달에 다름 아니다.
천막집을 짓고 살건
대저택에 살건, ▸▸

always dreaming of greater expansion.

But their liquidated dreams

always fall apart at the seams.

A gang, is a gang is a gang

whose existence is just one big bang!

그자들은 항상 거대한 팽창을 꿈꾼다.
그러나 좌절된 그네들의 꿈은
봉합선으로 추락한다.
건달은, 건달일 뿐이고 또 건달일 뿐이고
그의 존재는 단 한 방에 달렸도다!

Once a girl

She is a young woman now,
tall, dark and beautiful.
She is a young woman now,
but she was once a girl —
small, weak and innocent.

She is a young woman now,
distant, rebellious and angry,
but she was once a girl —
trusting, spontaneous and loving.

She was once crying and others
thought her naughty.
She was once quiet and others
thought her moody,
but she was only a girl
with a message in her eyes. ▸

한때 소녀는

그녀는 이제 젊은 처자가 되었다네,
훤칠한 키에, 피부가 까무잡잡하고 아름다운.
그녀는 이제 젊은 처자가 되었다네,
한때 소녀였던 그녀가,
그토록 왜소하고, 연약하며 순진하던.

그녀는 이제 젊은 처자가 되었다네,
가까이 하기 어렵고, 반항적이며 골을 자주 내는,
한때 소녀였던 그녀가,
사람들을 잘 믿고, 즉흥적이며 사랑스럽던.

그녀는 한때 울보였다네 그래서 사람들은
그녀를 무례하다고 생각했다네,
그녀는 한때 음전했다네, 그래서 사람들은
그녀를 분위기 있다고 생각했다네,
한때는 눈에 잔뜩 할 말이 많은
소녀였던 그녀가. ▸

She is a young woman now

but she was once a girl

who left and never came back.

그녀는 이제 젊은 처자가 되었다네
한때는 소녀였던 그녀가
어딘가로 사라져 돌아올 줄 모른다네.

I shall care for you

I shall care for you
for your words now
are those
of a battle-weary soldier
who fought on the side
of the blind.

As you speak
your regret
in soft sentences,
you don't pause inbetween
but sometimes stop
to gasp for breath.

I see how the lines
in your neck grip each other
when your eyes look upward
to force light through the dark hole
that once was your destiny. ▸

내가 당신을 보살피겠나이다

내가 당신을 보살피겠나이다
당신의 말씀은 이제
눈이 먼 자들의
편에 서서 싸운
전쟁에 지친 사람들의
말이기 때문입니다.

부드러운 문장으로
당신이 회한을
말씀하실 때,
당신은 쉬지 않으십니다
호흡을 가다듬기 위해서
잠시 멈출 때를 빼고는.

나 당신의 목을 가르는
주름들이 서로를 꼭 붙들고 있는 모습을 보나이다
당신이 눈을 들어
한때 당신의 운명이었던
어두운 구멍 속으로 빛을 쏘아 넣을 때. ▸

But where will I go

when the wars in my soul abate,

how many victims will I count

before darkness falls?

Who will care for me then?

이제 어디로 가야 합니까

영혼의 전쟁이 사그라들고 있는 지금,

어둠이 내리기 전에

얼마나 많은 희생자를 내 손으로 더 세야 합니까

그때 나를 보살필 자는 누구입니까

Medicine

Bitter, sweet

secrets

saved

centuries ago — now

sold

in single doses

spin the mind

save the soul

spit precious cents

and build

the millionaire.

약

수천 년을
살아낸
달콤하고, 쌉싸름한
비밀들이
한 알의 약으로
팔리고 있다
마음을 빙빙 돌려라
정신을 구제하라
값비싼 돈을 내뱉어
백만장자를
세우거라

AIDS

Where do you come from, from where
your sting, from where your life
that kills, from where your strength
that refuses to bend, from where
are you, angel of death?

Do you come from years beyond?
Were you with us always,
changing your guard from time to time,
hopping around in dangerous armour,
killing the ones that others love?

My question to you arrives not from hate,
my reason for asking does reflect —
my fate is in your hands,
my thoughts in your web.
I fear you much
angel of death!

에이즈

너는 어디서 왔느냐, 너의 침은
어디서, 살인적인 네 삶은
어디서, 결코 굽힐 줄 모르는 네 힘은
어디서, 너는 대체
어디서, 죽음의 천사여

시간을 뛰어넘어 온 것이냐
때때로 보호자를 바꾸고
위험한 갑옷을 두른 채 이곳저곳을 기웃거리며
사랑하는 사람들을 죽이던
너는 항상 우리와 함께했던 것이냐

너를 향한 나의 질문은 증오가 아니다,
내가 네게 이를 묻는 것은
내 운명이 네 손에 달렸기 때문이다,
내 생각이 네 그물망에 달렸기 때문이다.
나는 네가 무척 두렵구나
죽음의 천사여

For Jeffery

How I wish

to know

your mind —

is it soft,

is it hard,

does it exist?

How I wish

to feel

your heart —

is it warm,

is it cold,

does it exist?

Your tender hands

unspoilt,

know no sin,

your childlike eyes

naïve, ▸▸

제프리에게

내 얼마나
당신의 마음을
알고 싶었는지요,
부드러울까,
퉁명스럽지는 않을까,
존재하기는 하는 걸까

내 얼마나
당신의 마음을
느끼고 싶었는지요,
따뜻할까,
차가울까,
존재하기는 하는 걸까

순진무구한
당신의 부드러운 손은
죄를 모르지요,
어린아이처럼
순수한 당신의 눈은 ▸

bear no fear.

She said
you will be
when others said
you won't.
She said
you will grow
and others said
"too slow."

She has gone
but before she left
she held your hand
and said "be strong."
You laughed
and scratched your ear
but what were you thinking
when she bade you farewell?

두려움을 모르지요.

그녀는 말했지요
당신은 그럴 거라고
다른 이들은 말했지요
당신은 그렇지 않을 거라고.
그녀는 또 말했지요
당신은 성장할 거라고
다른 이들도 말했지요
"아주 느리게."

그녀는 떠나버렸죠
떠나가기 전에
그녀는 당신의 손을 잡고
말했죠, "단단해지라고."
당신은 웃으며
귓바퀴를 벅벅 긁었죠
그녀가 당신에게 작별을 고했을 때
당신은 대체 무슨 생각을 하고 있었던 건가요

Alex

for Alex van Heerden, musician who shared his musical
talent with farmworkers

Always on the road,

steering another's heavy load.

You swerved and stopped

and sped away from life's miseries.

You drove the underdogs to the sea

where they could bathe and blissfully

be for moments heavily embalmed in seasalt

that would last until the rains of the next season

would come to lay them bare.

Your place was not here,

your time was not now,

you existed long ago.

It was in the charm of your smile,

the wisdom in your eyes,

the echo of your words

and the music you made. ▸▸

알렉스

알렉스 폰 헤르덴을 위한 시. 그는 남다른 음악적 재능을 농장
의 노동자들과 함께 나누었다.

항상 길 위에서,

짐을 잔뜩 싣고 달려오는 차를 피했다.

궤도에서 벗어나 차를 세운 당신은

불행한 삶을 등지고 사라져 버렸다.

당신은 낙오자들을 이끌고 바다로 달렸다

그곳에서 그들은 멱을 감으며 잠시나마 행복에 겨웠다

계절이 바뀌고 비가 내려 깨끗이 씻겨 내려갈 때까지

결코 사라지지 않을

육중한 소금 향기에 뒤덮인 채.

당신의 자리는 이곳이 아니었다,

당신의 시간은 여기가 아니었다,

당신은 오래전 사람이었다.

매력적인 당신의 미소 속에 살던 사람이었다,

지혜로운 눈빛 속에,

당신이 하던 말의 울림 속에

당신이 만든 음악 속에 살던 사람이었다. ▸▸

The notes you blew
were caressed in your lungs,
sweet and sultry they came to life
to be shared by those
who knew the marks of a master.

But your place was not here,
your time was not now,
you existed long ago —
you just took the drive
and left us mourning
at the side of the road.

당신이 불던 그 가락은
당신의 허파 속에 조용히 안겨 있다,
달콤하고 뜨거운 그 가락은 살아나
장인의 혼적을 알아보는 사람들과
함께 살고 있다.

당신의 자리는 이곳이 아니었다,
당신의 시간은 여기가 아니었다,
당신은 오래전 사람이었다,
당신은 단지 길을 떠났을 뿐이고
우리는 그 길가에서
눈물을 떨구고 있다.

Telling stories

The wind blows through the trees

tellingly touching him

who swallowed stories

that now suddenly surface.

Storms, forgotten ones

are savagely unearthed.

The blizzard, a raging bull

buries boys and girls,

women and men.

He buries his face

into his soaked blue shirt.

Water hammers against his temples.

The present collapses,

the storm relived!

말하는 이야기*

바람이 나무들 사이를 비집고 불며
이야기하듯 부드럽게 그를 만진다
이야기를 한입에 삼킨 그는
느닷없이 표면으로 떠오른다.
폭풍, 잊은 줄 알았던 그것이
참혹하게 땅을 파헤친다.
성난 황소 같은 눈보라는
소년과 소녀를
여자와 남자를 땅에 묻는다.
그는 물에 젖은 파란 셔츠 속에
얼굴을 묻는다.
물이 그의 보조개를 강타한다.
현재가 무너지자,
폭풍은 다시 살아났다.

---

* 1981년 1월 어느 날 오후에 남아프리카에 있는 라잉스버그의 한 마을에 끔찍한 홍수가 닥쳤다. 이 홍수로 인해 많은 사망자와 이재민이 발생했다. 어떤 이들은 이때의 후유증으로 인해 아직도 고통에서 헤어나오지 못하고 있다. 재정적인 지원이나 상담을 받지 못한 취약계층이 특히 그렇다. 이 시는 이 운명의 날에 아홉 명의 가족을 모두 잃은 한 사람을 위해 쓴 것이다.

Obsession

Who do you love
so desperately
that your eyes keep wandering
over the head of the moon
and then speak
to the void in the night?

Who do you love
so needingly
that your voice disappears
into the woods that wait
for your words to make sense
of the dream that you dream
but so fiercely deny? ›

집착

그토록 간절하게
당신이 사랑하는 이는 누구인가요
달 머리 너머를
두 눈으로 끊임없이 찾아 헤매다가
텅 빈 어둠 속으로
말을 거는 당신이

그토록 절박하게
당신이 사랑하는 이는 누구인가요
당신이 꾸는 꿈을
의미 있게 만들고자 하지만
그토록 강렬하게 거부하는
당신의 그 말들을 기다리는 숲속으로
당신의 음성을 날려버리는 이는 ▸

Who do you love —
is it the wind of the night
that dies at dawn
and with the break of the day
lies scattered about?

Who batters your soul
and possesses your mind?
Is it the heat of the sun
or the frost of the morn
that prepares the grave
for your body torn?

Who do you love
so desperately?

당신이 사랑하는 이는 누구인가요
새벽이 오면 사라졌다가
날이 밝으면
사방으로 흩어지는
한밤에 부는 바람인가요

당신의 영혼을 짓이기고
당신의 마음을 사로잡은 이, 누구인가요
태양의 열기인가요
갈기갈기 찢긴 당신이 몸뚱이를 묻으려
무덤을 예비한
달의 서리인가요

그토록 간절하게
당신이 사랑하는 이는 누구인가요

Weary eyes

Weary eyes

that relentlessly haunt

me in my sleep,

what can I offer you

but words

from my basket of pain

now

the anchor of my soul?

피곤에 절은 눈

피곤에 절은 눈
꿈속에서조차 나를
무자비하게 사로잡는 눈,
나 그대에게 무엇을 바치오리까
이제는
내 영혼의 닻이 되어버린
한 주박의 고통에서 나오는
말 외엔.

The healing heart

Awake at four,

I feel the sheets

ice cold and clean —

my lifeless nipples undisturbed.

I dreamt of you

again.

회복 중인 마음

네 시에 깨어,
난 얼음처럼 차갑고 투명한
이불을 만지작거린다,
생기를 잃은 내 젖꼭지는 고요하다.
당신 꿈을 꾸었다
다시.

Have I lost you?

Have I lost you

through the question you never asked?

Have I lost you

through the answer I never gave?

Have I lost you in the silent moments of wishes, desires and fears?

Have I lost you in the ambiguous greetings we penned on paper?

Have I lost you

to someone that does not exist?

Have I surrendered too soon, resigned myself to not having you?

Are there words on your lips that shed its meaning before being spoken?

Did I speak too loud, too soft, too little, too much, too late, too soon?

Have I lost you?

나 당신을 잃은 건가요

나 당신을 잃은 건가요

당신은 결코 묻지 않았던 질문 때문에 나 당신을 잃은 건가요

내가 침묵한 대답 때문에

나 당신을 잃은 건가요

소망과 욕망과 공포가 침묵하는 그 순간에 나 당신을 잃은 건가요

우리가 필담으로 나누던 애매모호한 인사말들 속에서 나 당신을 잃은 건가요

존재하지 않는 누군가 때문에

나 너무 일찍 항복한 걸까요,

당신을 소유하지 않겠다고 일찍 체념한 걸까요

당신의 입술을 맴돌던 말들은 말이 되기 전의 의미를 가지고 있긴 했나요

내 목소리가 너무 컸나요, 너무 부드러웠나요, 너무 작았나요, 너무 많았나요, 너무 늦었나요, 너무 일렀나요

나 당신을 잃은 건가요

The seduction

unbuttoned shirt

she leans

into his glass

he blows

his words

into her face

we catch them

laughing

the joke untold

fades

into smoke-filled air

with open lips

they kiss

he grabs

she falls down

next to him

she leans

into his glass

he blows his words ▸▸

유혹

서츠의 단추를 푼 채
남자의 술잔 속으로
여인이 미끄러진다
남자는 여인의 얼굴에
말들을 뿜는다
우리는 그들을 보고
웃는다
터지다 만 농담들이
담배 연기 자욱한 허공 속으로
사라진다
입술을 벌린 채
둘은 입을 맞춘다
남자가 부여잡자
여인이 스르르
남자 옆으로 추락한다
남자의 술잔 속으로
여인이 미끄러진다
남자는 여인의 얼굴에
말들을 뿜는다 ▸▸

into her face

I catch her smile

cynically spread

between the eyes.

나는 여인의 미소가

두 눈 사이에

냉소적으로

번지는 것을 본다.

The aftermath

We build our lives

around

bigger,

higher,

more

into the sky

but

floating in stone,

concrete —

we soon become

ashes

unwired,

twisted

wedged between

worn-out ideals

and ill-treated ▸▸

후유증

우리는 삶을 짓는다
둥글게
더 크게,
더 높게,
좀 더
하늘에 가깝게
그러나
돌 속을 떠도는
콘크리트 속을 떠도는
우리는 이내
재가 된다
줄이 끊기고
뒤틀리고
시들어 버린 이상들과
우리가 거짓을
고할 때마다 ▸▸

truths

that kill us

everytime

we lie.

우리를 죽이는
부당한 대접을 받는
진리
사이에 낀 모습으로.

I've come to take you home

Tribute to Sarah Bartmann wrtitten in Holland, June 1998

l have come to take you home, home!

Remeber the veld,

the rush green beneath the big oak trees?

The air is cool there and the sun does not burn.

l have made your bed at the foot of the hill,

your blankets are coverd in buchu and mint,

the proteas stand in yellow and white

and the water in the stream chuckles sing-songs

as it hobbles along over little stones.

l have come to wrench you away,

away from the poking eyes of the man-made monster

who lives in the dark with his clutches of imperialism,

who dissects your body bit by bit,

who liken your soul to that of satan

and declares himself the ultimate God! ‣

나, 당신을 고향에 모시러 왔나이다

사라 바트만을 위한 헌시로 1998년 네덜란드에서 씀

나, 당신을 고향에 모시러 왔나이다, 고향에

그 너른 들판이 기억나시는지요,

커다란 너도밤나무 밑을 흐르던 빛나는 푸른 잔디를 기억하시
는지요,

공기는 신선하고, 이제는 더 태양도 불타오르지 않습니다.

나, 언덕 기슭에 당신의 보금자리를 마련했나이다.

부쿠 꽃과 민트 꽃들로 만발한 이불을 덮으소서.

프로티아 꽃들은 노랗고 하얀 모습으로 서 있고,

냇가의 시냇물은 조약돌 너머로

조잘조잘 노래를 부르며 흐르나이다.

나, 당신을 해방시키러 여기 왔나이다

괴물이 되어버린 인간의 집요한 눈들로부터

제국주의의 마수로 어둠 속을 살아내는 괴물

당신의 육체를 산산이 조각내고

당신의 영혼을 사탄의 영혼이라 말하며

스스로를 궁극의 신이라 선언한 괴물로부터 ▸

l have come to soothe your heavy heart,

I offer my bosom to your weary soul.

I will cover your face with the palms of my hands,

I will run my lips over the lines in your neck,

I will feast my eyes on the beauty of you

and I will sing for you,

for l have come to bring you peace.

l have come to take you home

where the ancient mountains shout your name.

l have made your bed at the foot of the hill.

Your blankets are coverd in buchu and mint,

the proteas stand in yellow and white —

l have come to take you home

where I will sing for you,

for tou have brought me peace,

for tou have brought us peace.

나, 당신의 무거운 가슴을 달래고
지친 당신의 영혼에 내 가슴을 포개러 왔나이다.
나, 손바닥으로 당신의 얼굴을 가리고,
당신의 목선을 따라 내 입술을 훔치려 하나이다.
아름다운 당신의 모습을 보며 흥겨운 내 두 눈을 어찌 하오리까,
나, 당신을 위해 노래를 하려 하나이다.
나, 당신에게 평화를 선사하러 왔나이다.

나, 당신을 고향에 모시러 왔나이다,
오래된 산맥들이 당신의 이름을 소리쳐 부르는 곳으로,
나, 언덕 기슭에 당신의 보금자리를 마련했나이다.
부쿠 꽃과 민트 꽃들로 만발한 이불을 덮으소서.
프로티아 꽃들은 노랗고 하얀 모습으로 서 있고,
나, 당신을 고향에 모시러 왔나이다.
그곳에서 나, 당신을 위해 노래를 하려 하나이다.
내게 평화를 선사한 이, 바로 당신이기에
우리에게 평화를 선사한 이, 바로 당신이기에.

해설

찢어진 내 자아의 다른 얼굴, 사라 바트만

이 석 호

올해로 어언 이십여 년째다. 강산이 두 번쯤은 바뀐 시간이리라. 그러나 난 아직도 그 첫 만남의 충격을 잊을 수가 없다. 비가 추적추적 내렸다. 남반구의 한 도시가 겨울비에 젖고 있었다. 오래전 열대를 떠난 한 여인이 귀향을 하고 있었다. 슬픈 귀향길이었다. 국적기의 계단을 내려오던 여인은 말이 없었다. 달콤한 귀향의 감회조차 남의 일인 듯 박제의 이목구비를 하늘 저편으로 날려 보냈다. 팡파르가 귀청을 때렸고, 국가가 요란하게 울려 퍼졌다. 그러나 국기를 휘장으로 두른 여인은 끝내 말이 없었다. 길가에 도열한 사람들의 입이 연신 여인의 이름을 합창하자 이내 그 이름은 합장이 되었다. 여인은 그렇게 화려한 듯 처연하게, 장렬한 듯 초연하게 어색한 귀향을 마무리했다.

한때, 여인은 여신이었다. 보티첼리의 육감적인 비너스를 능가하는 여신이었다. 보티첼리의 비너스에게는 없는 두 가지 과잉 때문이었다. 앞치마 살이라 불리는 거대한 소음순이 그 하나요, 큐피드가 낮잠을 자기에도 넉넉한 준봉처럼 솟은 둔부가 그 둘이었다. 혹자는 여인의 두 가지 과잉을 불량한 진화의 증표라 공연했다. '인간이 멈추고 동물이 시작되는 자리'라 칭하였다. 하여 여인의 과잉은 기실 결핍이었다. 과잉이 결핍으로 발명되는 순간이었다. 여인은 다시 불완전한 인간, 불충분한

216

인간, 평균 이하의 인간, 짐승 같은 인간, 유인원 같은 인간으로 둔갑하였다. 여인은 '인간'이라는 두 글자로는 어딘지 모르게 설명이 시원치 않은 '별종'이었다.

피카디리는 뜨거웠다. 열대에서 막 상륙한 인류의 '먼 친척'을 구경하려고 불원천리 사람들이 모여들었다. 여인은 상륙한 지 불과 6개월 만에 피카디리의 만화경을 순식간에 접수했다. 관객들은 감동했다. 주머니 속 쌈짓돈이 아깝지 않았다. 세상에서 키가 제일 큰 파키스탄 남자를 볼 때와는 차원이 달랐다. 발이 기형적으로 휘어진 중국 여자 그리고 피부색이 허옇게 탈색된 알비노 증후군 환자들을 보며 느낀 역겨운 감동은 새 발의 피였다. 무릇 박물학의 새로운 경지가 열리는 듯했다. 관객들은 흐뭇했다. 런던에서 태어나 '먼 친척'을 훔쳐보는 일이 못내 흥겨웠다. 저물어 가던 노예제의 형해를 다시 껴안은 듯 속이 다소 거북하면서도 통쾌했다. 마음속 도덕률과 박애주의 선언문이 '미들 패시지'를 건너는 대서양의 갤리선처럼 끝 모르고 출렁거렸다. 그렇게 런던의 관객들은 주체할 수 없는 호기심을 달래기 위해 하루가 멀다 하고 여인의 과잉을 경탄했다. 그리고 하루가 멀다 하게 성경을 앞세우고 교회 문을 두드렸다. 런던은 그렇게 여인을 사이에 두고 관객과 시민이 이율배반적으로 충돌하고 또 화해하는 모습을 지켜보았다.

여인의 신성은 파리에서 여지없이 무너졌다. 파리는 자유, 평등, 박애의 실험실이었다. 그러나 여인은 아름다운 그 실험의 대상이 아니었다. 여인은 예외였고, 열외였다. 여인의 두 가지 과잉은 자유, 평등, 박애의 땅에서도 박해의 대상이자 결핍이었다. 비너스를 압도하던 여인의 육체가 호오의 대상으로 낭만적 성상의 지위를 박탈당했기 때문이었다. 파리는 여인의 육체에서 냉정하게 감각의 거품을 거둬냈다. 그리고 그 육체를 고독한 해부학 그리고 자연사의 대상으로 영토화했다. 여인의 육체는 이제 '먼 친척'이 환기하던 정서적 혹은 심정적 연민의 대상

217

이 아니었다. 그저 남국의 풀과 나무 그리고 코끼리와 사자의 육체와 동일한 것이었다. 여인에게 파리는 저주이자 악몽이었다. 다시는 마주치고 싶지 않은 기시감이었다. 파리에서 두 가지 과잉은 심미적 최후를 맞았다. 전설적인 앞치마 살과 둔부는 '기괴하다' 혹은 '흉측하다'라는 심미적 판단을 중지시켰다. '너무 커서 인간의 것이 아니다'라는 식의 과학적 판단만을 무성케 했다. 과학적 인종차별의 신호탄이었다.

여인을 '인간'이라는 종적 지위에서 끌어내리는 데 복잡한 담론은 필요치 않았다. '과학' 하나면 충분했다. 과학은 앞치마 살과 비대한 둔부를 열등한 육체의 전형으로 읽었다. 남국의 고릴라들 그리고 북국의 창녀들에게서나 볼 수 있는 신체적 흔적이라고 읽었다. 과학은 여인의 작은 뇌도 가만두지 않았다. 기어이 그 뇌의 크기를 문제 삼아 추상력의 결핍으로 몰아세웠다. 이렇게 과학은 여인의 신체를 정치적으로 독해했다. 하여 자유, 평등, 박애의 수사를 특정한 신체만의 몫으로 할당했다. 여인의 신체에 할당된 몫은 없었다. 여인의 신체는 반대급부였다. 자유, 평등, 박애가 결핍된 신체의 알리바이였다.

파리는 관객의 눈이 아닌 과학의 눈으로 여인의 몸을 유린했다. 여인은 따뜻한 관객을 원했지만, 관객은 차가운 과학을 원했다. 과학이 규정한 열등한 몸을 일말의 죄의식 없이 하나하나 뜯어보고 싶었다. 하여 루소의 집에, 볼테르의 집에 노예라는 이름으로 사는 사람들의 존재감을 무시하고 싶었다. 혁명을 이끈 자유, 평등, 박애의 서사가 이들로 인해 훼손되는 꼴을 보고 싶지 않았다. 과학은 관객의 욕망을 마음껏 대리했다. 과학은 관객에게 최종심급이었다. 과학의 탈선을 끝내 견디지 못한 여인의 육체는 스물다섯의 짧은 생을 마감했다. 관객의 욕망을 대리한 과학이 마침내 메스를 들었다. 여인의 몸에서 앞치마 살을 들어냈다. 데카르트 것보다 작을 거라고 추정하던 조그만 뇌도 도려냈다. 크기를 재보니 별반 차이가 없었다. 껍데기만 남은 몸에는 밀랍을 발랐다. 박제의 여인이 이내 미라로 부활했다. 보티첼리의 비너스로, 이집트의 네페르티티로 화려하게 살아난 것이 아니었다. 칼라하리 사막에 부는 모래바람을 따라 이리저리 떠도는 부시먼의 한 딸로 초라하게 되살아났다. 생식기와 뇌를 적출당한 여인의 몸은 그렇게 박제로 부활하여 그 후로도 약 2세기가량 제국 관객의 관음증적 욕망을 부추겼다.

　바로 그 여인이 192년 만에 귀향했다. 새로 갓 태어난 나라의 국기를 당당하게 휘장으로 두르고도 여인은 그 흔한 한마디 말도 없었다. 여인에게 헌시한 조시가 궂은 날씨보다 더 짓궂게 낭송되는 가운데, 좀체 눈물을 흘리지 않는 아프리카인들의 어깨가 잔잔한 파도가 되어 넘실거렸다.

　　　나, 당신을 고향에 모시러 왔나이다, 고향에
　　　그 너른 들판이 기억나시는지요,
　　　커다란 너도밤나무 밑을 흐르던 빛나는 푸른 잔디를 기억
　　하시는지요,
　　　공기는 신선하고, 이제는 더 태양도 불타오르지 않습니다.
　　　나, 언덕 기슭에 당신의 보금자리를 마련했나이다.
　　　부쿠 꽃과 민트 꽃들로 만발한 이불을 덮으소서.
　　　프로티아 꽃들은 노랗고 하얀 모습으로 서 있고,
　　　냇가의 시냇물은 조약돌 너머로
　　　조잘조잘 노래를 부르며 흐르나이다.

　　　나, 당신을 해방시키러 여기 왔나이다
　　　괴물이 되어버린 인간의 집요한 눈들로부터
　　　제국주의의 마수로 어둠 속을 살아내는 괴물
　　　당신의 육체를 산산이 조각내고

당신의 영혼을 사탄의 영혼이라 말하며
스스로를 궁극의 신이라 선언한 괴물로부터

올해로 어언 20여 년째다. 난 왜 이 여인과의 첫 만남을 이토록 생생하게 기억하는 것일까. 인종적으로 아프리카인도, 성적으로 여성도 아닌데, 난 왜 이 여인의 삶에 그토록 깊숙이 개입하고 있는 것일까. 여인의 삶을 연극으로 만들어 아프리카 여러 나라를 순회하기도 했다. 두렵다. 어쩌면 여인에 대한 나 자신의 지극한 관심 또한 박물학적 혹은 인류학적 호기심에서 촉발한 것인지도 모르기 때문이다. 애초부터 사해동포주의나 인류애 따위의 추상적 선의는 믿지 않았다. 그렇다면 주머니 속 쌈짓돈을 기꺼이 탈탈 털어 밤마다 피카디리로 마실을 나갔던 제국 관객들의 호기심과 내 욕망의 차이는 무엇일까. 기껏해야 지독히도 자기 본능에 충실한 '이기적 유전자'의 소유자인 수컷들의 수성이 한 인간을 얼마나 참혹한 지경에 이르게 했는지에 대한 조악한 타율적 반성 따위가 여인에 대한 내 관심의 전부였을까.

사라에게 *

딸애야,
평면의 그 융숭한 깊이가
입체의 부재로
음순의 민주주의가

---

* 연극 〈사라 바트만〉은 이 책의 번역자이기도 한 이석호의 연출로 2003년과 2004년 한국과 남아공 그리고 케냐와 모잠비크에서 한국 및 아프리카의 배우들로 구성된 다국적 배우들과 더불어 공연되었다.

음경의 독선으로
비약의 가면 춤을 추는 이 난장에서
요람의 자궁으로 귀환을 꿈꾸는
네 현명한 퇴행을
아니 그 아름다운 진행을
눈물겹게 껴안지 못하는
이 못난 아비를 용서해 다오.
그리하여
네 어미의 꽃버선 위로
경계의 말벌을 날리고
치자꽃 흐드러지게 흐르는
네 할미의 지천 위로
무심히 분열의 말뚝을 찍는
이 아비를
이 못난 아비를
저주해 다오.

　그럼에도 불구하고, 여인은 내게 은유다. 200여 년 전 아프리카라는 특수한 공간을 살아낸 특별한 인물이 아니다. 지금 이 순간에도 내 안에서, 내 밖에서, 내 옆에서 무한 복제를 거듭하며 되살아나는 도플갱어다. 찢어진 내 자아의 다른 얼굴이고, 남자라는 이름의 제국이 거느리고 있는 최후의 식민지며, 그 초라한 제국이 적멸을 늦추기 위해 휘두르는 채찍이고, 그 뭇매를 묵묵히 견뎌내는 육체다. 내게 여인은 조세핀 베이커이고, 매릴린 먼로이며, 미스 사이공이고, 마담 버터플라이다. 내게 여인은 마돈나이자, 오프라 윈프리이고, 잔 다르크이자, 소녀시대다. 내게 여인은 이들 인격들에게서 이야기를 박탈하고 그것을 백치미와, 관

능미 그리고 성(性)스러움으로 호출하는 단순한 이 시대의 상상력이다.

하여, 여인이여, 부디 시대와의 이 불화를 슬퍼 마시라!

지은이 다이아나 퍼러스

1953년생으로 남아프리카공화국의 부스터에서 태어났다. 웨스턴케이프 대학에서 여성학을 공부했으며, 시인이자 소설가로 활동하고 있다. 주로 아프리칸스와 영어로 글을 쓴다. 백인들이 출판 시장을 장악하고 있는 남아프리카공화국에서 출판 운동에도 뛰어들어 자신의 이름과 동일한 '다이아나 퍼러스 출판사'를 설립하여 여러 시집을 출판했다. '원주민 시인단체'와 '풀뿌리 여성작가협회'를 창립한 인물이기도 하다. 인종과 성, 계급 그리고 화해의 문제를 다루는 시를 주로 쓴다. 대표적인 시집으로 *I've Come to Take You Home*이 있다. 이 시집은 200여 년 전 유럽에서 인종 전시를 당한 남아프리카 출신의 원주민인 사라 바트만의 생애를 다루고 있다. 이 시집으로 다이아나 퍼러스는 일약 국제적인 시인으로 발돋움하게 된다. 사라 바트만의 유해를 남아공으로 반환할 것인가, 말 것인가를 놓고 옥신각신하던 프랑스의 상원의원들 면전에서 이 시집의 표제시인 「나, 당신을 고향에 모시러 왔나이다」를 낭송함으로써 프랑스 의원들이 유해의 반환을 즉각적으로 결정하기에 이르렀기 때문이다.

옮긴이 이석호

카이스트 교수이자 인문학자이며 (사단법인)아프리카문화연구소장이자 아시아-아프리카 예술가연맹(A-AAA)의 공동의장이다. 지은 책으로 『아프리카 탈식민주의 문학론과 근대성』이 있고, 옮긴 책으로 『조작된 아프리카』 외 약 30여 권이 있다. JTBC에서 진행하는 <차이나는 클라스>와 EBS에서 진행하는 <세계테마기행> '에티오피아 편'과 '모리셔스 편'에 출연했다. 국제게릴라극단 상임 연출로 <사라 바트만과 해부학의 탄생>과 <파농 수업>을 연출했다. 최근에 영화로도 만들어진 <파농 수업>은 파리 국제실험연극/영화제에서 수상했다.

한울세계시인선 04

칼라하리 사금파리에 새긴 자유의 꿈이여
다이아나 퍼러스 시선집

지은이 ㅣ 다이아나 퍼러스
옮긴이 ㅣ 이석호
펴낸이 ㅣ 김종수
펴낸곳 ㅣ 한울엠플러스(주)
편집책임 ㅣ 조수임
편집 ㅣ 정은선

초판 1쇄 인쇄 ㅣ 2024년 6월 5일
초판 1쇄 발행 ㅣ 2024년 6월 25일

주소 ㅣ 10881 경기도 파주시 광인사길 153 한울시소빌딩 3층
전화 ㅣ 031-955-0655
팩스 ㅣ 031-955-0656
홈페이지 ㅣ www.hanulmplus.kr
등록번호 ㅣ 제406-2015-000143호

Printed in Korea.
ISBN 978-89-460-8315-8 03890

※ 책값은 겉표지에 표시되어 있습니다.